拝み屋怪談　怪談始末

郷内心瞳

角川ホラー文庫
21060

仕立てること、始末すること

郷里の宮城で、拝み屋という仕事を営んでいる。

古めかしいのか仰々しいのか、よく分からない肩書きだと言われるが、書いて字のごとく「拝む」のが、私の仕事である。名乗り始めて今年でかれこれ、もう十数年目になる。

依頼主の願いが真っ当なものであるなら、大概なんでも拝む。生者も死者も分け隔てなく、悩みを祓《はら》い、無念を晴らし、始末をするのが拝み屋の役目である。

依頼主から日々持ちこまれる相談には、奇怪な事象、不思議な体験にまつわるものも多い。いわゆる「怪異」と呼ばれる類《たぐい》の話である。それらも当然、私は「拝んで」始末する。

さて、拝んで「始末」された怪異はその後、一体どうなってしまうのか？

依頼主から持ちこまれた怪異は平素、私の手により祓われ、晴らされ、霧散してしまう。怪異を怪異で失《な》くするのが、拝み屋の務めなのだから、当然といえば当然の結果である。

己《おの》が身《み》に起きた怪異から解放されると、依頼主はとても安心されるし、感謝もしてくれる。「拝み屋」としては、本来これは何よりも喜ばしい成果である。

ただ……本音を言うと、時々ひどく「もったいない」という気分にもさせられる。

白状すると私は昔から、こうした怪異・怪奇にまつわる話が大好きな性分なのだ。

依頼主の身に起きた恐怖と不安を解消し、ほっとしてもらえるのは大変喜ばしいことだし、ありがたい話なのだが、時々、怪異を「殺す」という行為に、ひどい罪悪感も覚えてしまう。

せっかくの怖い話を「怖くない話」に変容させてしまうのが、ある意味、拝み屋の仕事だ。

職業柄、仕方のない話ではあるのだが、それでも時々、多大なジレンマを感じることがある。

依頼主にとっても、怪異にとっても、そして私自身にとっても、いずれも救われるような、何かよい「始末」はないものか？


その回答として完成したのが、本書『拝み屋怪談　怪談始末』である。

「拝んで」始末した怪異を、怪談として「仕立てる」。

これって、最高ではないか。


かつて私に拝まれ、怪異を手放した人々は、いずれも実にほっとした顔をして帰っていく。

「この話、もらってもいいですか？」と尋ねると、「どうぞ、もらってやってください」と、貴重な体験を惜しげもなく提供してくれる。断られたことは、不思議とこれまで一度もない。

おそらくみんな、それで完全に「手放せる」と感じ、差しだしてくれるのだと思う。

あるいは己が身に降りかかった怪異の記録が世間に広まり、数多《あまた》の人に共有されることで、さらなる安心も得たいのかもしれない。

一方、かつて私に拝まれ、始末された怪異のほうはどうだろうか？

もしかしたらもっと他の誰かに、たくさんの人に怖がってもらいたかったのかもしれない。あわよくばこの世の終わりまで、ひたすら〝現役〟でい続けたかったのかもしれない。

ならばその思い、「怪談」に仕立てて存分にかなえてやろう。

かつて怪異が発生した当時、「怖がった者」と「怖がらせた者」。

その両者が幸福となる最良の形は、「怪談」として始末してやることだと私は思いついた。

同時にこの始末は、これから「怖がりたい者」にとっても有意義なものになるかもしれない。

そう──たとえば怪談好きな私や、あなたのような人にとって。

加えて本書には、拝み屋の私自身がこれまで体験してきた様々な怪異も怪談に仕立てあげ、数多く収録している。この際だからと、禊《みそぎ》のつもりでしたためたしだいである。

あまりにも忌まわしく、記憶ごと捨て去りたい話も多いので、もらっていただけるのなら大変ありがたい。

怪異を怪談に仕立てるのが、本書における私の仕事。
その始末を、あなたにぜひ、お願いしたいと思う。
本書を手にとられたあなたに読んでいただくことで、この異業はようやく完遂します。
どうぞ最後まで、ごゆっくり怖がりください。

新装版の前書きに代えて

時が経つのは早いもので、はたと気づけば、二〇一四年に本書でデビューを果たしてからもうすでに四年以上の月日が経つ。

本書を執筆するに際し、当時の担当編集者から言われた言葉を今でも強く覚えている。

「もしも売れなかったら、この一冊で最後だと思ってください」

そんなことを言われたので、当時の私はそのつもりで書いた。

ただしそれは、〝次の本もだしてもらえるよう、がんばって売れる本を書こう〟ではなく、〝この本が、最初で最後の自分の本になるだろう〟という意味での〝つもり〟である。

だから本書に収録した怪談は、のちのち悔いることのないように、いずれ勝るとも劣らぬ〝とっておき〟の話ばかりを寄り抜いた。

結果として、デビュー作なのに自選ベスト集のごとき内容になっているため、個人的には荒削りながらも、なかなか読み応《ごた》えがあってよい出来になったのではないかと思う。

なんだか手前味噌《みそ》のようで大層申しわけないのだが、中身の大筋は右の通りで間違いない。かなり濃い目の味付けながら、お好きなペースで楽しんでいただければ幸いである。

❖もくじ❖

花冷え

数年前の春にあった話である。

ある日のこと、私は妻とふたりで地元の公園へ花見に出かけた。

前々から予定していたことではなく、ほとんど突発的な衝動だった。

朝起きたら仕事の予定が入っていない。外を見ればぽかぽかと麗《うら》らかな陽気で、家の中でごろごろしているのもなんだかひどくもったいない。

それでなんとなく、花見にでも行かないか？　と妻を誘ってみた。

妻は目を輝かせ、すぐさま「うん」とうなずいた。


昼前に、車で二十分ほどの距離にある隣町の公園に車で乗りつけた。

公園は敷地の中央に大きな沼が広がり、沼を一周する形で桜並木の遊歩道が敷かれている。

桜は見事な満開で、沼の周囲と水面とを、余すところなく淡い桃色に染めあげていた。

桜を見ているとなんだか心も雪解けしたかのようで、気分が晴れ晴れとして清々《すがすが》しかった。

はらはらと、桜の花びら舞い散る春風を受けながら、妻と並んで遊歩道を歩きだす。

花見のシーズンとはいえ、平日の昼間である。春休みもとうに終わった。公園内の人影はまばらで、年配の夫婦連れや小さな子供を連れた母親と時折すれ違うくらいである。

上着を一枚余分に着こんで出かけたが、陽射しがとても暖かく、むしろ暑いくらいだった。ためしに脱いでみると陽気が肌にじわじわと染みこみ、ため息が出るほど心地よい。

淡色の桜景色を目に、しばらく春の陽射しを愉《たの》しみながら遊歩道を歩き続けた。

公園を半周ほど歩くと、敷地の片隅に小さな丘が見えてくる。上るとちょうど、沼全体と桜並木を一望できる、こぢんまりとした展望台のような丘だった。

丘の上にはテーブルと椅子を備えた東屋《あずまや》もある。妻が弁当を作って持参してきていたので、いかにもお誂え向きだった。桜を見ながら昼食にしようと、ふたりで丘の上へと駆け上る。

テーブルにつくと、さっそく妻が食事の準備を始めた。

風呂敷包みをとき、小さな重箱を広げて並べ、魔法瓶に入れた熱いお茶をカップに注ぐ。

思いつきの花見だったため、中身は冷蔵庫の有り合わせばかりだったが、及第だった。

ふりかけを混ぜこんだおにぎりに玉子焼き。鳥の唐揚げ、タコ足に切った赤いウィンナー。

素朴な弁当を眺めていると、小学時代の遠足などを思いだし、むしろ心が沸き立つのだった。

さっそく手に箸《はし》を取り、おにぎり片手におかずをつまみ始める。

とたんに首筋がぶるりと震えた。

一瞬、何が起きたのか分からないほど、それは唐突な異変だった。

背後から一陣の風が吹き抜けたことで、ようやく事態が呑みこめた。

耳たぶがちぎれそうなほど、冷たい風だったからである。

気づくと先ほどまでの陽気が嘘のように周囲は一転、真冬のような寒気に見舞われていた。

テーブルの向かい側に座る妻も身を縮こまらせ、がたがたと震え始めている。

空を見あげれば、陽射しは相変わらずさんさんと照りつけていた。それなのに空気だけが身を切り裂くほどに冷たいのである。

マグカップに口をつけると、淹《い》れたばかりのお茶がすでにほとんど冷めかけていた。

再び風。あまりの寒さに耐えきれず、先ほど脱いだ上着を羽織り直す。

花冷えというやつかと思った。桜の咲く季節に起こる、一時的な気温の急激な低下である。

けれども、それにしてはなんだか妙な具合だった。

風は公園に着いた頃から絶えず吹き続けていた。だがこんなに冷たい風ではない。

肌にひたすら心地よい、それはおだやかな風だったのだ。

空は明るい。陽射しもなんら変わりない。風の強さも先ほどまでと変わるものではない。

だから風が原因で、突然こんな寒さになったのではないと思う。

かたかたと何やら乾いた音がすると思ったら、妻が顔をこわばらせて歯を震わせている。

気づけば私の奥歯もがちがちと音をたてて震えていた。

息を吸いこむと鼻の中がつんと痛くなる。指先は芯まで凍え、すでに感覚が鈍い。

眼下を見やれば、遊歩道を行き交う花見客も身をすくめながら強々《こわごわ》しく歩いている。

今の今まであんなに暖かかったというのに、もはやその名残すらも感じられない。

いくらなんでも異様なのである。

本当にこれは、花冷えというやつなのだろうか。

思った刹那《せつな》、眼下に見おろす沼の中空に何かが浮いているのが、ついと目に留まった。

岸から五十メートルほど離れた、広々とした沼面のほぼ中央付近。

こんなにも遠目だというのに、はっきりと視《み》える。


女の生首だった。


丸髷《まるまげ》に結った黒髪に、大きな櫛《くし》とかんざしを挿した昔風の女。

それが水面から五メートルほどの中空に浮かんで、くるくると独楽《こま》のように回転していた。

その場を決してぶれることなく、くるくる、くるくる、くるくると。

女が回れば回るほど、周囲の気温がまた一段と寒々としてくるようだった。

冷え冷えとなったお茶を無理やり飲みほし、妻が新しいお茶を自分のカップに入れ直した。

白い湯気が、カップの中からふわりと柱のように立ち昇る。

寒い寒いと悲痛な声をあげながら、妻はカップを両手にがたがたと震え続けている。

私の投じる視線の先に妻もちらりと目を向けたが、すぐさま視線を手元のカップに戻すと、顔をしかめしかめ、熱いお茶をすすり始めた。

妻には視えていないのだろうと理解する。だから黙っておくことにした。

笑うでも怒るでも嘆くでもなく。女の顔には一片の表情も見られない。ただただ無味乾燥、人形のように平板な面持ちで、沼の中空をひたすら一心不乱に回り続けている。

辺りの寒さが、また一段と厳しさを増す。

ひどい寒気とおぞましさに身をがたつかせながら、しばらく視線を釘づけにされていると、そのうち女の回転が、少しずつゆるみ始めた。

くるくるが、ゆるゆると。ゆるゆるが、とろとろと。とろとろが、のろのろと。

ゆるみ、ゆるんで、ほとんど惰性で回る速度に回転が落ち着いた頃、こちらへゆっくりと向き直った女と、私の目が合った。

瞬間。わずかな惰性が、ぴたりと止まる。

首は宙に浮いたまま微動だにせず、丘の上に座る私の顔を真正面にとらえていた。

月下の雪原のように青白い顔。眉はなく、目は充血して、桜のような淡い桃色をしている。

女はぽかんと口を開いて、丘の上で硬直する私を無言で見あげている。開いた口元からはお歯黒を塗った黒い歯が、ぬらぬらと艶《つや》を光らせ覗《のぞ》いていた。

互いにしばし、硬直する。

こちらが当惑するさなか、先に動いたのは向こうのほうだった。

首は突然、重力を思いだしたかのように、すとんと水面に落下した。

しぶきはあがらず、無音で水中に没する。

そのさまは、首がこの世のものでないということの、確たる証《あかし》のようにも思えた。

呆然《ぼうぜん》としながら静かに揺らめく水面を睨《にら》んでいたところへ、背筋にじわりと熱気が差した。

テーブルを離れて丘の上の草地に立つと、やわらかな陽の光がぽかぽかと肌に心地よい。

風は相変わらず吹いていたが、首筋をくすぐる風には一片の冷気も感じられない。

異様な寒気はすっかり消え失《う》せ、辺りは元の陽気に戻っていた。

テーブルへ戻り、ようやく弁当の続きを愉しむ。

「さっきの寒いの、なんだったんだろうね？」

玉子焼きをほおばりながら妻が首をかしげたので、花冷えというやつだよ、とだけ答えた。

翌朝、町内会の清掃作業中に大雪が降った。

四月半ばの降雪は宮城でも珍しいものだが、これが本来の花冷えというやつである。

いいよね

正木《まさき》さん夫妻が、山中の古びた一軒家へ引っ越した。

結婚以来、長らくワンルームのアパート暮らしを続けてきたが、やはり何かと手狭だった。

加えていずれは生まれる子供のことも、そろそろ視野に含めて考えなければならない。

ゆくゆくは一軒家と考えていた時、たまたま知人から手頃な借家を紹介された。

それは鬱蒼《うっそう》たる山中にひっそりと立つ築四十年以上の古民家で、斯様な立地であるがゆえ、日当たりは滅法悪く、虫や蛇の類《たぐい》も出る時は出るらしいとの話だった。

ただしその分、家賃は相場に比べてはるかに安いものだった。

家も古いとはいえ二階建てで部屋数が多く、現住のアパートよりも正木さんの職場に近い。

細かな不満は多々あれど、狭苦しいアパート暮らしに辟易《へきえき》していたふたりには御の字だった。

結局、ためらいながらも契約を交わすことにしたのだという。

無事に引っ越しを終え、荷解《にほど》きも一段落ついた頃。

家の西側に面した杉林の中から毎晩、奇妙な声が聞こえてくるようになった。

甲高い女のような声で、いいよねっ、いいよねっ、いいよねっ、と繰り返す。

聞こえ始めるのは決まって日没後。その後、深夜遅くまで断続的に聞こえることもあれば、わずか数分でやむこともあり、一旦《いったん》やんだかと思うとまた唐突に始まることもあった。

声は不思議とふたりでいる時にだけ聞こえ、来客がいる時には絶対に聞こえない。

初めのうちは不気味だったが、毎晩聞かされ声が耳になじんでくるうち、しだいに慣れた。人の声にしてはあまりにも抑揚が平坦《へいたん》で、無感情なものであることに気がついたせいもある。

腑《ふ》に落ちない点もなくはなかったが、おそらく何かの獣か鳥の声ではないかということで、ふたりの見解は一致した。

その後も声はほぼ毎晩のように続いたが、しだいに気にすることもなくなっていった。


引っ越しから数ヶ月が過ぎた、ある夜のこと。

珍しくしこたま呑んで酔っ払った正木さんが、布団の中で火照った耳をそばだてた。

この夜も件《くだん》の「いいよねっ」が、日没から断続的に聞こえていた。

「なあなあ。これさあ、『いいよ』って言ったらどうなるんだろう?」

気持ちよく酩酊《めいてい》して上機嫌な正木さんが、おどけた口調で奥さんに水を向ける。

「やめなよ。気持ち悪いなあ」

正木さんの隣で横になっていた奥さんが、呆《あき》れ顔で夫をたしなめる。

いいよねっ……いいよねっ……いいよねっ……いいよねっ……。

その間にも声は杉林の中から小さく、ささやくように木霊してくる。

「いいよおおっ！」

がばりと上体を起こし、正木さんが戸外に向かって明るく叫んだ。

とたんに。


ばたばたばたばたばたばたばたばた！

家中を揺るがすような凄《すさ》まじい轟音《ごうおん》が、杉林の奥から鳴り響いた。

わっとなって身をこわばらせていると、音が家へ向かって一直線に近づいてくる。

ばたばたばたばたばたばたばたばた！

それが地面を蹴《け》りあげる何かの足音だと分かった瞬間、正木さんの髪の毛が逆立った。

「ダメ！　ダメ！　やっぱりダメ！」

隣で固まっていた奥さんが身を乗りだして戸外へ絶叫すると、音が突然、ぴたりとやんだ。

代わりに。

ちっ！

憎々しげな舌打ちが、寝室の窓ガラス一枚を隔てたすぐ外で、大きくひとつ聞こえた。

直後、再びばたばたと身の毛のよだつ足音を轟《とどろ》かせながら、それは林の奥へ戻っていった。

その後も声は聞こえ続けているが、ふたりは努めて無視を決めこんでいるという。

雨の古本屋

市街の路地裏で小さな古本屋を営む川口《かわぐち》さんから、こんな話を聞いた。

篠突《しのつ》く雨の降りしきる、ある初夏の夕暮れだったという。

戸外に鳴り響く激しい雨音を聞きながら、カウンターで独り本を読んでいた。

こんな天気にわざわざ本など買いに来る客もおらず、この日は暇を持て余していたという。

今日は早めに店じまいにしようか。考え始めたところへ、入口の引き戸ががらりと開いた。

顔をあげるとずぶ濡れになった若い女がひとり、店の中へ入ってきたところだった。

年の頃は二十代の終わりほど。紺《こん》色のジャケットに、カーキ色のロングスカート。足には泥混じりの雨水に薄汚れた、革製の黒いブーツを履いている。

髪型は胸元辺りまで伸ばしたストレートのセミロング。水気をたっぷり含んだ黒髪の筋が、額と頬にぴたりと貼りついている。右の頬には大きなほくろがぽつんとひとつ、浮いていた。

女はちらりと店内を一瞥《いちべつ》すると、店内奥にある文庫本のコーナーへ陣取った。川口さんの座るカウンターから見て、ちょうど斜め向かいの位置である。

客がひとりでも入れば、店を閉めるわけにもいかない。

軽くため息をつくと、読みさしの本へと再び目を落とし、やむなく読書を再開する。

外では相変わらず雨がけたたましい音をたて、なおも激しく降り注いでいる。

ページを手繰りながら顔をあげ、ちらりと女へ目をやった。

気に入った本でも見つけたのか、女は書棚から取りだした文庫本を黙々と読み耽っている。

雨宿りのための時間潰《じかんつぶ》しかと思った。そうだとすれば、はなはだもっていい迷惑である。

ただ、時間潰しといっても、店の立地は駅前でもなければ街の大通りでもない。普段でもひと気の少ない閑散とした路地裏に店はある。時間潰しに飛びこむような場所ではない。

近所の人間かとも思ったが、見覚えのない女だった。そもそも近所から来たのであるなら、傘のひとつも差して来るはずである。

そんなことを考え始めると、女の存在はいかにもおかしなものだった。

訝《いぶか》しく思っていたところへ、路地に面した大きな窓ガラスに人影が見えた。

水滴だらけの窓の向こうに同じ女がべったりと貼りついて、こちらをじっと見つめている。

ぎくりとなって、すぐさま店内の女へと目を戻す。

女は黙って文庫本を読み続けている。

もう一度、窓の外へちらりと視線を送る。

女は濡れたガラスに顔と両手をへばりつかせ、川口さんの目を無言で覗《のぞ》きこんでいる。

胸元辺りまで伸ばしたストレートのセミロング。右の頰にぽつんと浮かんだ大きなほくろ。紺色のジャケットにカーキ色のロングスカート。

その容姿の何もかもが、店内にいる女と寸分たがわず同じだった。

足元は見えないが、きっと黒いブーツを履いている。履いているに違いない。

そんなことを思うなり、背筋がぞわぞわと粟立《あわだ》ち始めた。

あわてて窓から目をそらす。直後、店の中にいた女が文庫本を書棚に戻すのが目に入った。

固唾《かたず》を吞んでその動向をじっと見守る。

女は本を戻すと、突然がくりとうなだれ、書棚の前に棒立ちになった。両手を腿《もも》の辺りに力なくぶらつかせ、そのままかたりとも動く気配がない。

恐る恐るもう一度、窓の外へと視線を向ける。

こちらの女も、いつのまにか深々とうなだれ、同じくぴくりとも動く気配がない。

まるで店内の女と示し合わせたかのようなその動きに、指先がぶるぶると震え始める。

そこへ突然、電話が鳴った。

思わず「うわっ！」と椅子から跳びあがる。弾みで手にした本が床の上へばさりと落ちた。

わななく膝をどうにか屈《かが》め、震える指で落とした本をつかみあげる。

再び顔をあげると店の中にも外にも、女の姿は見えなくなっていた。

わずか数秒の出来事である。

啞然《あぜん》としながらも電話をとる。常連客からの何気ない、雑談まじりの連絡だった。

電話の声に耳をかたむけていると、店内の空気がじわじわと日常に立ち返る実感があった。

同時に張りつめていた緊張の糸も、少しずつほぐれていく。

幻か気の迷いだろう。そんなことを思い始めた時だった。

違う。

女が本を読んでいた書棚の前。

泥混じりの雨水に濡れたブーツの足跡が、くっきり残っているのが目に留まる。

電話を切るなりモップを引っつかむと、川口さんは血眼になって足跡を拭《ふ》き消した。

悲しい歌

今から二十年ほど前。須崎《すざき》さんが小学二年生の秋に、こんなことがあったという。

二学期が始まって少し経った頃から、通い慣れた通学路に悲しい歌が響くようになった。

歌詞は聞き慣れない難しい言葉ばかりだったので、何を唄っているのかは分からない。

唄っているのは女の人。子守唄を連想させるような、静かな感じの曲調だった。

この歌を聞いていると、なんだかひどく物悲しい気分にさせられてしまう。あまり長々と聞き入っていると、わけも分からず涙が頬を伝うことさえあった。

幼い子供の心さえも然様《きよう》に激しくゆさぶり動かす、それは大層悲しい歌だったのだという。

歌はどうやら、古びた民家の二階から聞こえてくるらしかった。

声はか細く弱々しいものだったが、不思議と遠くからでも耳元にはっきりと聞こえてきた。

歌が聞こえるのは決まって放課後の下校途中。朝の登校時に聞こえたためしは一度もない。

須崎さん以外にも同じ通学路を使う子供たちの大半がこの歌を聞いていた。他の子たちの感想も須崎さんのそれと全く同じく、とても悲しい気分になるという。

歌は須崎さんたちの間で、あっというまに話題となった。

そんなある日のことである。

歌を聞いてみたいという子たちにせがまれ、須崎さんは件《くだん》の民家の前へみんなを案内した。

無言で歌に聞き入り、悲しい気持ちになっているところへ、近所のおばさんが通りかかる。

「あんたたち、何やってんの？」

「歌を聞いてるの」

「歌？　歌なんか聞こえないよ。それにここ、空き家じゃないの。バカだねえ」

やれやれとかぶりを振りつつ、おばさんは須崎さんたちの前を通り過ぎていった。


それからひと月ほどが経ったのち。歌はある日を境に、忽然《こつぜん》と聞こえなくなってしまった。

この空き家の二階から若い女性の絞殺死体が発見された、その翌日からのことだった。

遺体は死後、二ヶ月余りが経過していた。

女性の死亡推定時期はちょうど、須崎さんたちが悲しい歌を聞き始めた時期と重なった。


月日が流れ、須崎さんが成人したのち。

親類の葬儀に参列した際、久しぶりにこの話を思いだしたのだという。

葬儀のさなかに唄われた御詠歌《ごえいか》が、あの悲しい歌にそっくりだったからである。

真夜中の電話

仕事柄、昼夜を問わず電話が鳴る。昼間は大体予約の申しこみ。夜は大体緊急の用件。例外はもちろんあるが、おおまかにいうと電話の内容はこのような感じに区分される。だからどちらかというと、夜中に鳴る電話のほうが心臓に悪い。緊急の用件とは要するに、医療機関でいうところの〝急患〟に該当するものだからである。

娘が狐に憑《つ》かれたようなので、すぐに来てほしい。

先ほどから部屋の一角に女の顔がずっと見えている。すぐに来てほしい。

妻が見えない何かにひどく怯《おび》えている。今すぐそちらへ行ってもよろしいでしょうか。

夜中は大体、このような内容の電話が多い。

ある冬の深夜だった。

寝室で布団にくるまり寝入っていると、枕元に置いた携帯電話が鳴った。

寝室には固定電話を置いていないため、夜間は携帯電話へ転送されるように設定している。だから私の携帯番号を知らない新規の相談客からの連絡も、携帯電話で受けることになる。

寝ぼけ眼で電話をとるなり、耳元にあてた受話口から女の大声が弾《はじ》けた。

「もう、視《み》え過ぎちゃって視え過ぎちゃって大変なんです！　どうすればいいですか！」

声の印象から察して、年代は中年あたりかそれ以降。なんだかのどが潰《つぶ》されたかのような、ひどいがらがら声である。声に聞き覚えは全くない。初めての客だった。

女は自己紹介も挨拶《あいさつ》もなく、言いたいことを一方的にまくし立てた。

「とにかくそこいらじゅうにいるんです。私の力を頼っていろんな霊が寄ってくるんです！　祓《はら》っても祓ってもまあキリがない！　ちょっと一緒に祓ってもらえませんかねぇ！」

大変失礼ながら、ちょっと危ない人だなと思った。言い分の支離滅裂さもさることながら、こちらに対する気遣いがまるでない。時計を見れば午前二時半過ぎ。何が起きているにせよ、「すみません」のひと言もないのは、礼儀というより常識に欠ける。

女の精神状態が普通でないことは、火を見るよりも明らかだった。

「あちこちいろんな先生方にお願いしてきたんですけどねぇ！　さっぱりダメなんですよ！　もう寄ってきて寄ってきて大変なんです！　助けてください！」

「そうなんですか。ただまあ、もう少し落ち着いてお話し願えますでしょうか」

のべつ幕なしに喋《しゃべ》り倒す女の言葉をかいくぐり、ようやくひと言差し向ける。

「のんきな話じゃないんですよぉ！　そんなのんきな話じゃないんですぅ！　とにかくもう大変で大変でしょうがないんです！　助けてくださいよ、ねぇ！」

女はまるで聞く耳を持たない。

なすすべもなく、ええ、ええ、ああ、ああ、としばらく無感動に応対する。

そのうちもよおしてきたので、電話を持ったままトイレに立った。

「私ねえ、これでもけっこう、祓ってきてるんですよ！　いっぱいやっつけてるんです！　力、すごいんだから！　でもねえ、数がほんと大変なの！　とてもさばききれないの！」

はあはあ、そうですか……。相槌《あいづち》を打ちながら暗い廊下を渡ってトイレへ向かう。

「ああほら！　今もいる、今もいますよぉ！　やんなっちゃうなぁ！　もう！」

もう！　のひと声が廊下の先から聞こえたので、その場でぴたりと足を止めた。

「なんなんだろう！　低俗霊？　うっとうしい！　ああ嫌だ！　もう嫌だ！」

電話を耳から離しても声はそのまま、私の耳へ大きく届いてきた。

「ちょっと聞いてますぅ？　ねえ先生！　聞いてますぅ！」

あわてて電話を耳に戻し、はいはい聞こえております、と答える。

「本当に、ねえ！　どうしてこんな力を授かっちゃったのかしら！　使命かしらねぇ！」

声はトイレの中から聞こえていた。ぼんやりとした不安が、激しい緊張にすり替わる。

「先生も大変でしょう！　お互い変な力を持つと大変だよねぇ！」

トイレのドアの前に立つ。声は電話の受話口と、トイレの中から同時に聞こえてくる。

ドアの脇に立てかけてあったホウキを引っつかみ、片手でぐっと握りしめた。

「そこで一体何してるんだ？」

ドアに向かって問いかける。

「あっ、ばれた！　あははははは！　すごいねすごいね！　力だね！」

間髪を容《い》れず、トイレの中から女の声。

「ふざけるな！」

叫びながら勢いよくドアを開け放つ。鍵はかかっておらず、ドアはすんなりと開いた。

とたんに静寂。携帯電話の声も、ぶつりと止まった。

中には誰もいなかった。

驚きながら中へと入る。逃げたとしたら窓である。他に逃げる場所などどこにもない。

窓枠に手をかけると、内側から鍵がかかっていた。

背中に嫌な汗が、じわりとにじむ。

通話の切れた携帯電話から、着信履歴をあらためた。

女の番号へ発信してみると、着信拒否になっていた。

以来、女が連絡をよこすことは二度とない。

ただ、夜中に受ける電話が少しだけ憂鬱《ゆううつ》なものになった。

金魚

二年前の夏だったという。

独り暮らしの瀬田《せた》さんが、自宅アパートで夕ご飯を食べていた時のこと。

ぼんやりご飯を嚙《か》んでいると、眼前の味噌汁椀《みそしるわん》から突然、ばしゃりと水しぶきがあがった。

なんだと思い、あたふたしつつお椀の中を覗きこむ。

黄色く濁った味噌汁の中で、金魚が一匹泳いでいた。

縁日の屋台などでよく見かける、小さな赤い金魚である。

瀬田さんの部屋に水槽などない。もちろん、金魚など買った覚えもない。

一体何が起きたのか釈然としなかったが、それでも金魚は、味噌汁の中でまだ生きている。

とりあえず救《たす》けねばと思い、水を張ったボウルの中に急いで金魚を移し替えた。

以来なんとなく、瀬田さんは金魚を飼い続けている。

住まいとして小ぶりな水槽を与えられた金魚は、今年で体長十センチほどになる。

よく人馴《ひとな》れしていて盛んにエサをねだる以外には、特に変わった様子は見られないという。

弾《だん》顔《がん》

真夏の深夜、吉田《よしだ》君が遊び仲間数人を連れて地元の海岸線を車で走っていた時のこと。

両脇を松林に挟まれた狭い一本道を飛ばしていると、突然うしろから猛烈なエンジン音が近づいてきた。続いてハイビームの強烈な閃光《せんこう》が車内をかっと照らしつける。

「っんだよ、うぜえ！」

目が眩み、顔をしかめながらミラー越しに後方を見ると、白い軽自動車の姿が確認できた。

吉田君の車の真うしろに、ほとんどべったり貼りつくようにして激走している。

道幅が狭いため、路肩に車を寄せて先を譲ることもできない。が、それ以前に血気盛んな吉田君と仲間たちは、軽自動車の暴挙にまずいらついた。

「あの車、シメよう」ということで、即座に意見が一致する。

「だせえ車で煽《あお》ってんじゃねえよ」

すぐさまアクセルペダルをベタ踏みして、うしろの軽自動車を引き離していく。

適当な距離が開《ひら》けたと確認したところで、今度は車体を思いっきり斜めにかたむけながらブレーキペダルを踏みこんだ。

タイヤがアスファルトをこすりつける鋭い大音響とともに、狭い道幅いっぱいに吉田君の車が横向きに停まって進路を塞《ふさ》ぐ。

すぐさま全員で車を降り、うしろから迫る軽自動車に備える。

進路を塞ぐ車に気づいた軽自動車もとっさに急ブレーキを踏みこみ、吉田君たちの眼前に停車した。すかさず一斉に車をとり囲み、血走った目で車内を覗《のぞ》きこむ。

車内には黒ぶち眼鏡をかけたいかにも気弱そうな風貌《ふうぼう》の青年と、同じく地味な服装をした若い女が乗っていて、今にも泣きだしそうな顔で吉田君たちを見あげていた。

「おおいっ！　出てこいゴルァッ！」

「っざけてんじゃねーぞ、てめえ！」

「何様のつもりだ、この野郎！」

怯《おび》えるふたりをみんなで怒鳴りつけていると、背後の暗闇に何やらうっすらと光を感じた。

反射的に顔を向けると、蛍光塗料のような淡い緑色の光に包まれた球体が、遠くに見える。

球体は周囲の闇を仄《ほの》かに光らせながら、凄《すさ》まじい勢いでこちらに向かって飛んできていた。

「なんだあれ？」

仲間の誰かがそう言い終えるが早いか、それは吉田君たちの頭上一メートル辺りの中空を弾丸のようにぎゅん！　とかすめて飛んでいった。

真上を通過するほんの一瞬、それがなんなのか分かって慄然《りつぜん》とする。

髷《まげ》を結った男の生首だった。

「すいません……あれから逃げてたんです……」

真っ青になって震えながら、眼鏡の青年が吉田君たちにおどおどと詫《わ》びをいれた。

道の向こうを振り返ると、暗闇の中に淡い緑の光が小さくなって消えていくところだった。

束《つか》の間《ま》、その場に呆然《ぼうぜん》と立ち尽くしたあと、吉田君たちも軽自動車のふたりにぺこぺこと頭をさげ、我先にと車の中へ駆け戻る。

その後、車は二台とも狭い道路をUターンして、それぞれ全速力で家路に就いた。

苦肉の策

比嘉《ひが》さんが出張で、地方のビジネスホテルに泊まった時の話。

夜、部屋でテレビを観ていると、リモコンの感度がやたらと悪いことに気がついた。

画面に向けてボタンを押しても一度や二度では反応がない。何度もしぶとく押しまくって、ようやく画面に命令が伝わる感じである。

用を足すため、バスルームのドアを開ける。電気をつけても、中は薄黒くぼやけて見えた。入ると空気がずんと沈んでおり、なんともいえない重圧感を覚える。

もしかしたらここ、やばいかも。

比嘉さんは若干、こうした勘の働く人だった。

用を足し終えるなり、部屋に置かれた机や額縁、ベッドなどをつぶさにチェックし始める。

人死にがあったり、幽霊が出たりする部屋には、どこかにかならず御札が貼られている。そんな話を昔、知人から聞いたことがある。それを信じて部屋中を念入りに調べて回った。

しかし結局、部屋から御札は一枚も発見できなかった。

御札がないなら大丈夫か。

単純な結論ながらも〝証拠なし〟ということで安心し、それ以上気にかけるのをやめた。

夜遅く。買い物から戻って再びテレビをつけると、相変わらずリモコンの反応が悪い。

いらいらしながらボタンを押しまくる。リモコンの角度を変えたり、近づけたりしながら何度も辛抱強く押し続け、ようやくテレビのチャンネルが切り替わる。

なんだか前よりも、感度が悪くなったような気がした。

電池が切れかかっているのだろうと思い、リモコン裏側の電池蓋《でんちぶた》を開けてみる。

別に電池が復活するわけではないのだが、中を開けて電池の角度を調整してみたりすると、わずかな時間でも元に戻ることが多いからだ。

むきだしになった電池ホルダーに指を入れ、ぐりぐりと電池を回してみる。

これでどうだと思い、蓋を戻しにかかる。そこでふと、蓋の裏側が目に留まった。

電池蓋の裏側、横幅五センチほどのスペースに、小さな御札が貼られていた。

思わず「あっ……」と小さく声が漏れる。

とたんにバスルームからざあーっと水の流れる音がした。小声が悲鳴に切り替わる。

血相を変えて恐る恐るバスルームのドアを開けてみると、バスタブの水栓が全開になって水が流れていた。

その晩、比嘉さんは風呂に入らず夜を明かしたという。

鳥影

いつもとなんら変わらぬ、春先の平凡な夕暮れだった。

佐竹《さたけ》さんが奥さんとふたりで隣町のショッピングセンターへ出かけた時のことである。

乞われて運転しては来たものの、買い出しは煩わしく、連日の激務で身体も疲弊していた。

悪いとは思いつつ、奥さんが買い物を終えるまでの間、車の中で待つことにしたのだという。

シートを倒し、仰向《あおむ》けになって車外の風景をぼんやりと眺める。

しばらく漫然としていると、駐車場の入口近くにあるショッピングセンターの看板の上にふと、人が立っているのが目に入った。

肩幅のがっしりとした体型や立ち姿の雰囲気から、どうやら男であるらしい。

男は夕陽を背にして看板上に直立しているため、逆光で全身が真っ黒に染めあがっていた。

だから目鼻立ちや服装などの仔細《しさい》は全く分からない。

ただ、人であり、男であるということだけが、ぼんやりと判別できる。

看板は、鉄製の太い支柱の上側に横長のボードが固定されたもので、目算で見積もってもざっと十メートルほどの高さがある。

どうしてあんなところに人が……。

身を乗りだし、さらに目を凝らそうとした瞬間、思わずぎょっとなった。

男の首が胴から離れ、ぼんと宙に浮いたのである。

あっ！　と佐竹さんが声をあげるが早いか、今度は首のない男の身体から肩、胸、腹、腰、脚が上から順に次々とちぎれ、夕闇の中へと舞いあがっていく。

啞然《あぜん》としながらもよく見てみると、宙を舞う男の部位のひとつひとつから漆黒の翼が生え、ばさばさと羽ばたきをしているのが見てとれた。

なんだ、カラスか……。

そう思って安堵《あんど》したのも束《つか》の間《ま》、今度ははっと息を吞むことになった。

どうしてカラスが、あんな形で留まっていたのか……。

考える間にもカラスたちは夕闇の赤に溶け、西日の彼方《かなた》へ消えていったという。

直立

同じく、似て非なるものを私もたまに見る。

近所の一級河川に架かる橋の上。欄干沿いに等間隔で列立する街灯の上にそれはいる。首の曲がったスプーンのような形をした街灯の真上に、男が立っているのである。物理的に考えて人がたやすく上れる場所ではないし、またその必然性も感じない。

男は夏でも冬でも、季節を問わず灰色のコートを羽織っている。

年の頃は五十代の半ばほど。体型はがっしりとした筋肉質で、髪型は丸坊主。

見るのは決まって夕方遅くか深夜である。朝や昼に見かけたことは一度もない。

初めて見たのはもう十年近くも前だが、その後、断続的に七回ほど目撃している。

特段、男は何をするわけでもない。ただただじっと、街灯の上に直立しているだけである。

ひたすら同じことの繰り返し。あるいは継続。容姿も所作も、何ひとつ変わることがない。

関わりたくもないから、余計な詮索《せんさく》は絶対にしない。今でも時折、見かけるからだ。

油断しては、いけないのである。

一枚の写真

恵美子《えみこ》さんがゴールデンウィークに友人ふたりとフィリピン旅行へ出かけた時の写真。観光地や市場、ホテルで撮影された旅行中の何気ないものが全部で九十枚ほどあるのだが、その中にどう考えてもおかしいという写真が、一枚だけある。

問題の写真は、サン・アグスチン教会の前で撮影されたものである。教会をバックにして恵美子さんと友人ふたりが横一列に並んで笑みを浮かべている。

一見するとなんの変哲もない普通のスナップ写真である。帰国後、恵美子さん自身でさえ写真にあらわれた異変には全く気がつかなかったという。

旅行から数週間が過ぎた頃、恵美子さんのマンションに友人ふたりが遊びに来た。友人たちが「この間の写真を見よう！」と言いだしたので、さっそくアルバムを広げる。旅行の写真を一枚一枚眺めながら、しばらくは三人で異国の思い出話に花を咲かせていた。けれどもそのうち、友人のひとりがふと無言になり、怪訝《けげん》な顔で一枚の写真を凝視し始めた。

それがサン・アグスチン教会で撮影された、問題の写真だった。

「ねえ、これって変じゃない？」

無言で写真に見入っていた友人が、ぼそりと口を開いた。

「え？　何が？」

そう言って恵美子さんも写真を覗《のぞ》きこむ。

三人揃って撮影した教会の写真。別段、おかしなところは何もない。

「……あ、確かに。うん、変だね」

しかし、写真をまじまじと眺めていたもうひとりの友人も、曇った顔でつぶやいた。

「変って何？　どこが？」

笑いながら尋ねると、先に怪訝な顔で写真を眺めていた友人が、こう切りだした。

「この写真、誰が撮ったの？」

そこで恵美子さんもようやくはっとなったのだという。

三人で行ったフィリピン旅行。撮影は必然的に三人のうちの誰かひとりが行うことになる。

現に九十枚ほどある他の写真は全て、被写体がひとりかふたりで撮影されたものである。

それなのに件《くだん》の教会の写真だけは、恵美子さんたち三人が全員同じ写真に収まっていた。

物理的に、絶対にありえない写真なのである。

「この時って、誰かに撮ってもらったんじゃなかったっけ？」

おずおずと恵美子さんが友人たちに尋ねる。

「海外だし、知らない人にカメラ、預けたりするわけないよ」

即座にふたり揃ってかぶりを振った。

嫌な記憶も蘇《よみがえ》る。恵美子さん自身もこの写真を撮影した時のことは鮮明に憶《おぼ》えていた。

教会前で冗談を言いながらはしゃぐ友人たちに、恵美子さんがカメラを向けたこと。

友人たちの様子を見て、うしろで外国人が笑っていたのをファインダー越しに見たこと。

「動くとぶれるから大人しくしなさい！」

冗談交じりにふたりをたしなめ、シャッターを切ったこと。

何もかも、昨日のことのように憶えていた。

血の気を失いながら、もう一度写真を凝視する。


教会前。並んで笑う友人たちの右端に、恵美子さん自身も笑顔で写りこんでいる。


知らない人が見れば、なんの変哲もない一枚の写真。

その状況の異常さを知る恵美子さんたちにとっては、心底忌まわしい一枚の写真。

「自分の笑顔をこれほど恐ろしいと感じたことはありません」

写真を見せながら、恵美子さんはきゅっと唇を噛《か》んだ。

パントマイム

葬儀屋に勤める由梨絵《ゆりえ》さんが、大学時代に体験した話である。

冬場に友人の宏子《ひろこ》さんとふたりで、地方のひなびた温泉旅館へ泊まりに出かけた。

チェックインを済ませると仲居さんの先導でさっそく宿室へと案内される。部屋は二階のいちばん奥にある角部屋だった。

階段を上り、まっすぐな廊下を進んで部屋へと向かう。

ところが部屋まであと少しというところで、宏子さんが突然、仰向《あおむ》けにばったりと倒れた。

転びざまは実に凄惨《せいさん》で、後頭部が床板を直撃する鈍い音まではっきり聞こえるほどだった。

仲居さんとふたりで血相を変え、あわてて宏子さんを抱き起こす。

「大丈夫？」

声をかけると、苦痛に顔を歪《ゆが》ませながらも宏子さんは「大丈夫……」と返した。

気を取り直して再び歩きだすと、今度は宏子さんがついてこない。

振り返ると、宏子さんは両方の手の平を前へ突きだし、廊下の真ん中に立ち尽くしている。

「どうしたの？」

わけが分からず尋ねてみると、宏子さんが泣きそうな顔で、

「進めないの……」

とつぶやいた。

続いて開いた手の平をぺたぺた、ぺたぺたと目の前で気ぜわしく動かしてみせる。

その動きはパントマイムの、見えない壁を触る演技そのものだった。

「馬鹿やってないで早く来なさいよ」

宏子さんの前へ歩み寄り、ぐっと腕を引く。ところが宏子さんの身体が前に進まない。

「だから、駄目なんだよ……」

腕を引かれた宏子さんの身体は、やはり〝見えない壁〟にはばまれるような不自然な形で廊下の空《くう》にぴたりと貼りついている。折り曲げた右肘《みぎひじ》は顔の脇で固まり、左手は胸の辺りで開いたまま微動だにしない。

腰に腕を回して引いてみても駄目だった。今度は宏子さんの両腕がばんざいの形になって、顔が斜めにかたむいてしまう。

何がなんだか全く分からず、しだいに由梨絵さんも困惑し始めたところへ、うしろにいた仲居さんがおずおずと口を開いた。

「別のお部屋を手配しますね……」

蒼《あお》ざめた顔でそう言うなり、仲居さんは急ぎ足で廊下を引き返していった。

あとを追ってフロントへ戻ると、引きつった笑みを浮かべた女将《おかみ》が待ちかまえていた。

「すぐに新しいお部屋をご用意いたしますので、もう少々お待ちください」

深々と頭をさげられ、一階の絢爛《けんらん》豪華な宿室を手配された。

再び仲居さんの先導で部屋へと向かいながら、先ほどのあれはなんですかと尋ねてみる。

仲居さんは大層申しわけなさそうな顔で、

「ごく稀《まれ》になんですが、あの奥の部屋にたどり着けないお客様がいらっしゃるんです」

わたしも見るのは初めてだったんですが……。

説明はそれっきりで、それ以上くわしい返事はなかった。


ただ、やはりなんだか腑《ふ》に落ちないものがあった。

部屋に案内されたあと、嫌がる宏子さんを連れて再び件《くだん》の廊下へ赴いた。

結果は同じ。廊下の途中まで行くと宏子さんだけが、どうしても先へ進むことができない。

両手をぺたぺたと廊下の空に貼り合わせ、「進めないよ……」と涙声をあげる。

結局、原因は分からず、ふたりは蒼い顔をしながら部屋へと引き返した。

その日の夕飯は、頼んでもいないのに最高級のお膳《ぜん》が振る舞われた。「口止め料」という言葉が頭をよぎり、それ以上詮索《せんさく》するのはよしたという。

紅い蟹

美容師の詩織《しおり》さんは、中学二年生の時にこんな体験をしている。

深夜。自室の布団で眠っていると、枕元でかさかさと物音がする。

ゴキブリでも出たのかと思い、恐る恐る音の主を探ると、畳の上に一匹の蟹《かに》がいた。

指先に載るほど、それはとても小さな蟹だった。

甲羅はガラスのように透きとおり、色は燃えるように紅《あか》い。

その姿はまるで生きた宝石のようで、思わずはっとして息を呑むほど、美しかったという。

蟹は詩織さんの顔をじっと見つめたまましばし微動だにしなかったが、やがて小さな脚をちょこちょこと横ばいに動かすと、わずかに開いた襖《ふすま》の隙間から出ていってしまった。

翌朝。違和感を覚えて目覚めると、遅い初潮を迎えていたという。

見回り

会社員の恩田《おんだ》さんが夜中、自室のベッドで眠っていた時のこと。

がらりと部屋の引き戸が開いて、誰かが中に入る気配がした。

こんな夜中になんなんだ。

半分夢見心地だった恩田さんは当初、家人が入ってきたのだと思ったという。

文句のひとつも言ってやろうと目を開いたとたん、ばくんと心臓が波打った。


見たこともない看護師の女が、今まさに自分の部屋へ入ってきたところだった。


乾いた血の赤と、薬品の茶色い染みがぶつぶつと、迷彩のように噴き散らばる陰惨な白衣。

伝染だらけの薄汚れた白いストッキング。斜めにかたむいたナースキャップ。

看護師は右手の指先につまんだ小さな懐中電灯をぐらぐらとかざしながら、恩田さんのベッドへ向かってゆっくりと近づいてくる。

気がつくといつのまにか身体がぴくりとも動かず、声もだせなくなっていた。

おぼつかない足どりで枕元までふらふらと歩み寄ると、看護師は恩田さんの顔を無感動な目でじっと覗《のぞ》きこみ、「かわりないですか」と平板な声で言った。

看護師の顔は青白く、唇は鬱血《うっけつ》したようにどす黒い。

恩田さんが身をこわばらせたままおののいていると、看護師は「またきますから……」とつぶやき、そのままぐらりと踵《きびす》を返した。

看護師が部屋を去っていくと、ようやく身体が自由になった。

次の夜、看護師は来なかったが、恩田さんは原因不明の高熱をだし四日会社を休んだ。

ちなみに恩田さんの自宅近所には、昨年廃院になったばかりの小さな病院がある。

フランソワ

和木《わき》さんの家の物置から、古びた人形が見つかった。

青いビロードのドレスを着た金髪の少女人形で、名をフランソワという。少々風変わりな趣味嗜好《しこう》を持つ祖父が、生前愛用していた腹話術の人形である。

その昔は小学校や幼稚園の行事を始め、地域の催しなどで引っ張りだこの存在だったため、地元では割と知られた人形だった。

休日の昼間、友人の永田《ながた》さんとふたりで物置を物色している最中にフランソワを発見した。物置の片隅にうずたかく積まれたガラクタの山の中、佐清《すけきよ》のごとく両脚をさかさまに突きだし、埋没していたのである。

祖父が亡くなってすでに十年が経つから、フランソワとの再会も、けだし十年ぶりとなる。

和木さんの通っていた小学校の体育館壇上、甲高い作り声で気色悪い小芝居を繰り広げる在りし日の祖父の姿が、まぶたを閉じれば今でもまざまざと思いだされる。

おじいちゃん、おじいちゃん！　フランソワ、たいやきたべたいの、たいやき！

ねえねえおじいちゃん！　フランソワ、こんどゆうえんちにいきたいなー！

今となって振り返れば祖父の腹話術はなかなか巧緻《こうち》なものだったと、虚心で評価もできる。

ただ、当時は祖父が小学校を訪れるたび、同級生にからかわれるのがたまらなく嫌だった。

頼むからもう学校に来ないでくれ。泣きながら祖父に頼んだ記憶もある。

祖父はそんな和木さんの訴えに大層困った顔をしながらも、
ごめんね、おにいちゃん！　でもね、やっぱりフランソワ、がっこうにいきたいなー！

謝罪と言いわけは毎回フランソワの担当である。それがなんとも癪《しゃく》だった。

こんな体《てい》だから和木さんがフランソワを厭《いと》うのに、大して時間はかからなかった。

小学校の中学年頃から卑猥《ひわい》な悪口を吐きつけ始め、高学年になると蹴飛《けと》ばしたりもした。

祖父が逝く間際の中学二年生あたりには、庭の焚《た》き火《び》にくべようとしたこともある。

いろいろと荒《すさ》んだ思い出の詰まった人形なのである。今でも好きかと問われれば、即座に嫌いと答える。

ただ、長じた今となってはさすがに人形相手に恨みや憎しみの類《たぐい》は沸き立たない。

「動いてない腹話術の人形って、なんか不気味だよな」

ガラクタの山から引き抜かれたフランソワは、物置の床上に両目をぱちりと見開いたまま、仰《あお》向《む》けになって倒れている。

「ああ……。なまじ、これが〝喋って動く〟人形だって知ってる分、こうやって黙ってるとなんだか死んでるみたいに見えるよな」

と、永田さんも相槌《あいづち》を打つ。

人形はちょうど幼児くらいの体長があった。作りも精巧である。おまけに薄汚れてもいる。だから見ようによっては、外国人の子供の死体のように見えなくもない。

加えて操演者を失い、二度と喋ることのない腹話術人形である。事情を人に置き換えればそれはすなわち死を意味する。

だからある意味、これは人形の死体と言えなくもなかった。

「なあ、これちょっと使えるんじゃないか？」

しばらく黙って人形を眺めていた永田さんがふと顔をあげ、奇妙な薄笑いを浮かべた。

「使えるって何に？」

「こいつにもう一発、生命《いのち》を吹きこんでやろうや」

•

永田さんが思いついたのは極めて子供じみた、しかし大層趣味の悪いジョークだった。

深夜、ふたりで車に乗りこみ、コンビニや牛丼屋など、とにかく人が集まる場所へ向かう。ひとりはハンドルを握り、もうひとりは後部座席に横たわり、人形を抱いた状態で待機する。

続いて駐車場内をゆっくりと流しながら、店から出てきた客や、人が乗っている車を探す。

手頃なターゲットを発見すると運転席から合図をだし、後部座席の車窓から人形の上半身をぬっと突きだし、脅かすのである。

段取りこそ稚拙なものだったが、効果のほどは想像以上に覿面《てきめん》だった。

夜中とはいえ、夜食の買いだしや食事を済ませた人間というのは大抵無防備なものである。そんなところへ突如、不気味な人形がぬっと顔を突きだすのだ。肝を潰《つぶ》さぬわけがない。

悲鳴をあげる者もいれば、その場で棒を呑んだように固まる者、真っ青になって車の中へ飛びこむように逃げる者など、いずれも反応が違っていて、大いに笑えたと和木さんは語る。

後部座席の人形担当はそのリアクションを楽しめないため、フランソワの首に携帯電話をぶらさげた。ビデオ撮影をオンにして、あとからまとめて愉《たの》しもうという魂胆である。

そうやってしばらく運転役と人形役を代わる代わる行いながら、ふたりは深夜の悪趣味なドッキリを思う存分堪能し、家路に就いたのだという。

「最高にウケたな。またやろうぜ」

永田さんを自宅まで送り届け、腹を抱えて笑い合う。

軽口を叩きながら永田さんと別れ、和木さんは車を発進させた。


真っ暗な田舎道に車を飛ばし、家路を急ぐ。

フランソワは、帰り際に永田さんが助手席にちょこんと座らせていった。

横目で見れば、相変わらず生気のこもらぬ無感動な眼差《まなざ》しで、フランソワは前方の暗闇をただただじっと、無言で見つめ続けている。

顔はほこりと脂で薄黒く汚れ、鼻や頬には細かなひびも入っている。長い金髪はぼさぼさ。青いビロードのドレスはところどころが破けて、まるでゾンビのような有り様である。

こりゃ確かに驚くわ。そう思ってくすりと笑う。

「みんなびっくりしてたね」

突然、フランソワの首がくるりと和木さんのほうを向いて喋った。

雄叫《おたけ》びのような悲鳴とともに、和木さんの尻が座席からぼんと浮く。

すかさず急ブレーキを踏み、路肩に車を滑りこませる。

喋った！　今、喋ったよな？　あたふたとしながら助手席のほうに目を寄せる。

いない。

つい今しがたまで助手席に座っていたはずのフランソワが、忽然《こつぜん》と姿を消していた。

心臓が爆音を刻みだし、ひゅうひゅうと荒い吐息がのどから漏れる。

即座に車を降りると、震える指で携帯電話のボタンを押しだした。先ほど別れたばかりの永田さんへ救《たす》けを求めるためである。

がたつく指が次々と操作を誤らせる。意図せずして先ほど撮影した映像が再生された。

「きゃっはっはっはっはっはっはあ！　きゃっはっはっはっはっはっはあ！」

驚く深夜客の様子を収めた映像を背景に、甲高い笑い声が絶え間なく轟《とどろ》いていた。

その声は在りし日のフランソワと同じ声。すなわち亡き祖父の作り声と同じ声である。

それで先ほどのひと声も、祖父の声だと思いだした。

和木さんののどから、己の鼓膜が破れるような凄《すさ》まじい絶叫があがる。


数分後。

車で駆けつけた永田さんとふたりで車内をくまなくあらため、フランソワを捜し回った。

しかし結局、どれだけ捜してもフランソワが見つかることはなかった。

未《いま》だにフランソワの所在は不明だという。

不許可

今から十数年ほど前のこと。

木島《きじま》さんと明美《あけみ》さんの若い夫婦が、待望の第一子を授かった。

妊娠判明からまもなく、お腹に宿った赤ん坊は男の子だと断定される。ふたりはそれから連日連夜、まだ見ぬ息子の名前を一生懸命考え抜いた。

度重なる議論の結果、夫婦一致で「これだ！」と行き着いた名前が、×××。

日本神話に登場する、とある有名な神様の名前である。常識的に考えれば普通は愛息子《まな》の、というより、気安く人名に用いること自体全くもってふさわしいものではない。

そんな畏れ多くも、多大に変わった響きをもつ名前である。

別段、その神様を崇拝しているとか、伝説や縁起に感銘を受けたわけではない。

他の親がつけなそうで、なおかつシブい名前だから。ただ単にそれだけの理由である。

当時は俗にいう、キラキラネームの走りだった時期でもある。

若かりし木島さん夫婦もその時流に乗っかった。愛する我が子へ奇抜な名前を授けるべく苦心の末に選びだしたのが、よりにもよって件《くだん》の××××という名前だった。

妊娠中期のことである。

子供が生まれたらしばらく旅行もできないだろうからと、木島さんの提案で夫婦は旅行に出かけることになった。

旅先はどこにしようかと悩んだ結果、妙案をだしたのは明美さんのほうだった。

「ねえねえ、せっかくだから子供の名前をもらう、神様の神社に行ってみない？」

当然、反対する理由などあるはずもない。木島さんもふたつ返事でこれを快諾した。

件の神様が祀《まつ》られている神社は、日本でも有数の古くて大きく、有名な神社である。

飛行機を乗り継ぎ、電車に揺られ、半日がかりで現地へ到着する。旅館のチェックインを済ませると休憩もそこそこに、さっそく目当ての神社へと向かった。

大きな鳥居をくぐり抜け、大勢の観光客でにぎわう表参道をうきうきしながらひた進む。

拝殿前へ到着すると奮発気味に硬貨を投入し、一心不乱に願いごとを始めた。

（どうかうちの王子があなたのようにヤバくてすげえ子、超人の子に育ちますように！）

（お腹の我が子に神様の名前をつけさせてもらいましたよ～！　超々かっこいい名前なのでとってもとっても気にいってま～す。この子をぜひぜひ守ってあげてくださいねっ！）

「ならんッ！」

とたんに鼓膜が破れるような勢いで、ふたりの耳元に野太い男の声が爆発した。

突然の大声に肝を潰《つぶ》し、夫婦揃って辺りを見回す。

拝殿前に集まった他の参拝客らは、ただ黙々と手を合わせるばかりである。どうやら声はふたりの耳にしか聞こえなかったらしい。夫婦は逃げるようにして神社をあとにした。


旅館に帰ったあと、木島さんと明美さんは先ほどの声について激しい議論を始めた。

「ならん！」という声そのものについては、ふたりとも自分の耳ではっきりと聞いている。だからそれ自体を否定することはできないし、するつもりもなかった。

議論の的になっていたのは「ならん！」という言葉の真意と、今後についての問題だった。

木島さんの見解は「不許可」だった。

言葉のとおり、自分の名前を子供につけるなど言語道断であるという、率直な解釈である。加えて言葉の真意はどうであれ、木島さんは先刻のひと声にただならぬ恐怖も感じていた。もはや自分の子供に神様の名前をつける気など、到底なれない心境だった。

一方、明美さんの見解は反対だった。「ならん！」はすなわち「成らん！」なのだと言う。名前の使用について、神様からじきじきにお墨つきをいただいたのだと言い張る。

強引な解釈に閉口する木島さんに、明美さんはさらに熱弁を振るった。

「だってさあ、神様の声を聞くとか超々貴重な体験じゃん！　やっぱりこれは運命なんだよ。時代劇とかでも『我はこれより皆の鉄壁と成らん！』とか言うでしょ？」

絶対つけるべきだからっ！　そう言って明美さんは頑として譲らない。

その後、木島さんは夜更け過ぎまで明美さんを説得し続けた。

結果は木島さんの惨敗。明美さんの意志は石のように固かった。

噛んで含めるように何度も同じことを繰り返し説明したものの、話は平行線をたどり続け、明美さんの機嫌は露骨に悪くなっていく一方だった。

結局、続きは自宅に帰ってから……ということで、その夜の議論はお開きとなった。


翌朝、木島さんが目覚めると、枕元に明美さんがへたりこんでぐすぐすと泣いている。

「どうしたんだ？」と尋ねると、明美さんは浴衣の前をはだけ、大きくなったお腹を見せた。

膨《ふく》れたお腹の真ん中に大きなバッテン印が、みみず腫《ば》れになって浮かびあがっている。

「あたし、神様の名前つけるの、やめる……」

消え入りそうな声でつぶやいたとたん、明美さんは大声を張りあげて泣き始めた。

聞けば昨夜遅く、金縛りに遭ったのだという。

息苦しさに目覚めると、仰向《あおむ》けになった姿勢のまま、全身が石のように固まって動かない。どうにか振りほどこうともがいていたところへ、「ならん！」の大絶叫が耳元で轟いた。

昼間訪れたあの神社の声と、それは全く同じものだった。

事の成り行きと流れを鑑《かんが》みれば、神社に祀られている××××の声ということになる。

全身の血が凍りつくような感覚をひしひしと覚えながら、必死に身をよじり続けていると、「ならん!」の大絶叫が再び鼓膜をびりびりと震わせた。

「ならん!」を「成らん!」と思いこんでいる明美さんは、

「必ずつけます! 必ずつけますから、どうぞご安心くださいませっ!」

などと蒼ざめながら心の中で念じるが、念じれば念じるほど、声はますます殺気を漲らせ、さらに大きく鋭いものへと変貌《へんぼう》していった。

結局、二十数回目の「ならん!」で、明美さんはギブアップした。

さすがに「ならん!」が「成らん!」でないと気がついたせいもあるのだが、それ以上に「ならん!」と叫ばれるたび、お腹がひりひり痛むのが恐ろしかった。

「すみません! すみません! もうつけませんから、許してください!」

念じたとたん、身体の自由が一気に戻った。怒鳴り声もぴたりと止まる。

静寂の中、がばりと身を起こせば、外はそろそろ白々と夜の明け始める時間だった。

腹の痛みは、なおもひりひりと続いていた。あわてて浴衣の前をはだけてみると――。

件のバッテン印である。

「お腹の赤ちゃん、大丈夫かな?」

べそをかきながら心配する明美さんと同じく、木島さんもひどく心配になった。その日は予定していた観光を全てとりやめ、最寄りの産婦人科を受診した。

幸い、お腹の赤子にはなんの問題もなく、母子ともども健康だとのお墨つきを得られた。ただしお腹の真ん中に浮いたみみず腫れについては、医者も首をひねるばかりだったという。

旅行を終えて帰宅した木島さん夫婦は、ただちに息子の名前の再検討にあたった。こうなってしまうと、よそから迂闊に名前を借用するのがたまらなく恐ろしく感じられた。熟考の末、夫婦で再び落ち着いたのは、ごくごくありふれてはいるけれど、親しみやすい響きをもった男の子の名前だった。

その後、息子は無事に生まれ、大きな病気や怪我もなく、すくすくと順調に成長した。平凡な名前を授かった息子は、現在、中学三年生になる。

少し前、ためしに息子へ「実は最初、こういう名前にしようと思ってたんだけど……」と、打ち明けてみたところ、即答で「ふざけんな」と返されたそうである。

「結果的に神様に救われました」

木島さん夫婦はバツが悪そうに笑った。

怪談になる

今はなかなか時間もとれず、ほとんどやっていないのだが、数年前までは自宅で定期的に怪談会のようなものを催《もよお》していた。

スタイルなどには特にこだわらず、その時その時の雰囲気しだいで会は融通無礙《ゆうずうむげ》に進んだ。私が独りで長々と語り倒すこともあれば、その場に集まった面々が、代わる代わる怖い話を披露することもあった。ざっくばらんな会だったので、怖い話すらせず、みんなで酒などを酌み交わしながら延々と雑談を繰り広げることもままあった。

参加者は毎回五人から十人程度。小規模な会だった。互いに気心の知れた者が多かったし、毎回まったりとしたムードで恐怖の夜を愉《たの》しんだ。

会場は毎回、八畳敷きの和室を二間開放して使用していた。部屋の真ん中に座卓を置いて卓上に蠟燭《ろうそく》の火を一本灯《とも》すのが通例だった。

会が始まると電気を消すため、当然部屋は薄暗くなる。互いの顔もろくに見えない。

ある晩、会が終わって電気をつけると、誰かが「あれ？」と声をあげた。

どうしたのかと尋ねてみると、「博美《ひろみ》さんがいない」と言う。

すると、他の参加者の何人かも「うん、博美さんがいない」と声をあげ始めた。

博美さんというのは私の古いなじみ客で、四十代の女性である。怪談会の常連でもあった。

ただ、この当時は数ヶ月ほど前からぱったりと顔をださなくなっており、この夜の会にも彼女は出席していない。

「暗いから誰かと間違えたんじゃないのか？」と言うと、声は間違えようがないと返された。暗い中、言葉を交わしたという者が何人もいたのである。

一方、私を始め、彼女の存在を全く感知していないという者も何人かいた。

なんとなく妙な空気になり始めたので、博美さんの携帯電話に連絡をいれてみた。

ところが電話にでたのは、彼女の母親だった。

娘は三ヶ月ほど前に交通事故で亡くなった、と告げられた。

母親の希望もあり、私はその夜、彼女へ供養の経をあげさせてもらうことになった。

本当に怪談の好きな人だった。

「私も何か怖い体験をしたら、絶対ここでお披露目《ひろめ》させてもらいますからねっ！」

そんなことを言いながら笑っていた彼女が、怪談そのものになってしまった。

祭壇の前で手を合わせながら私を始め、会に参加していた全員がさめざめと泣いた。

セルフサービス

同じく怪談会の席にて、こんなこともあった。

お盆前の蒸し暑い夜である。

午後七時からの約束で、いつもの好事家《こうずか》連中が五、六人ほど集まった。

この夜は初めから終わりまで、私が独りで語り倒すというスタイルだった。ところが話が始まって一時間ほどした頃、激しい腹痛に見舞われてしまった。

前の晩に日本酒とワインを交互にしこたまチャンポンしたのがどうやらまずかったらしく、この日は朝から腹が下りっぱなしだったのである。

しばらくこらえていたが、私の忍耐はそれほど長くはもたなかった。

「ちょっとすみません」

恥をしのんで一礼するなり座敷を飛びだし、トイレへ一直線に駆けこむ。

十分ほどトイレでうめいたあと、手を洗って再び座敷へ舞い戻った。

「いやいや、お見苦しいところをお見せしちゃって誠に申しわけない」

冗談めかして座卓の定位置に座るなり、参加者一同、口を揃えてこんなことを言いだした。

「今の人、誰ですか？」

なんのことかと訊き返してみると、私が席を外した直後、若い女が入れ替わるようにして座敷の中へ入ってきたのだという。

女は私が仕事で使う祭壇の前へ腰をおろすと、静かに目を閉じ、無言で手を合わせ始めた。

年は二十代の前半くらい。浅葱色《あさぎいろ》の浴衣姿で、髪は三つ編み。色が白く綺麗《きれい》な娘だったが、どことなく物憂げな顔をしていたという。

女は座卓の周囲に座る面々とはひと言も言葉を交えず、祭壇前で黙々と手を合わせ続けた。なんだか声をかけられるような雰囲気でもなく、みんなで座敷から様子をうかがっていると、十分ほどして、やおら女がすっと立ちあがった。

座卓の前を通り過ぎ、廊下に面した障子を開けて外へ出る。

ぱたりと障子が閉じられた直後、再び障子が開いて私が戻ってきたのだという。

そんな女と行き違った記憶はない。

そんな女など、私は知らない。

「……なんなんですかね、今の？」

みるみる蒼《あお》ざめていく参加者たちに向かって、

「お盆も近いからね」とだけ、答えておいた。

怖がり

頼まれれば、個別の予約でも怪談話を披露していた。

ある夏の日の午後。怪談話を所望する若い男女の三人連れが、私の仕事部屋を訪れた。

「さあ……どんな話がいいですかね？」

一同が座卓についたのを見計らい、挨拶《あいさつ》代わりに希望を尋ねる。

「やだやだー！　やっぱりアタシ、ムリー！」

三人のうち、茶髪でガングロのちょっとハデ目な女の子が、さっそく弱音を吐きだした。

「めちゃくちゃ怖いやつをお願いします！」

若い男性が、目を輝かせて身を乗りだす。

「わたしも怖いけど、がつんとくるのお願いします！」

男性の彼女と思《おぼ》しき女性も、身をこわばらせつつ笑顔で怖い話を所望する。

「えーやだー！　アタシ絶対ムリなんですけどー！」

ふたりの要望に茶髪の女の子が、再び大声でぶうたれる。

まあまあ。とたしなめながら、気の向くままにさっそく語り始める。

「昔、私自身が体験した話なんですが――」

「ムリムリムリムリ！　絶対ムリー！」

「友人と山奥の廃ホテルに肝だめしに行った時のことです――」

「やだやだやだやだ！　マジムリ、超ムリ！　絶対ムリー！」

「もう深夜の一時も過ぎる、だいぶ遅い時間だったんですけどね――」

「ちょっとマジムリ！　ヤバイから、ヤバイから！　絶対ムリなんですけどおー！」

「ああっ！　もう、ちょっと静かにしてもらえますかっ！」

よろしくないと思いつつ、あまりのうるささについつい大きな声がでてしまう。

「……どうかしましたか？」

若い男性がきょとんとした顔で、私の顔を見つめる。隣に座る彼女も唖然《あぜん》としている。

いない。

つい今の今まで大声を張りあげていた茶髪のあの娘《こ》が、どこにもいない。

「いやいや……なんでもありません」

ぶるぶると震える指を座卓の下に隠しつつ、私はどうにか怪談話を続けた。

水着とラーメン

昔、民宿を営む傍ら、夏場に海の家を経営していた五味《ごみ》さんから、こんな話を聞いた。

二十年ほど前である。営業時間もとうに終わった、夜の十時過ぎだったという。

厨房《ちゅうぼう》で翌日の仕込みをしていると、入口のガラス戸がばんばんと叩かれた。

カウンター越しにひょいと顔をあげると、戸の向こうに水着姿の若い女性がふたり立って、店の中を覗《のぞ》きこんでいる。こんな遅くになんの用だと思いながら、入口へと向かう。

錠を外して戸を開けると、女性ふたりは両手で肩を抱きながら、がたがた震えている。

「どうかしたの？」と尋ねると、ふたりはわななく唇でとつとつと答え始めた。

ふたりの話によれば、日中泳いでいたところ、高波にさらわれ、沖まで流されてしまった。必死になって泳ぎ続け、ようやくついさっき、浜まで戻ってこられたのだという。

「身体が寒くて凍えそうです。何かあったかいもの、食べさせてもらえませんか？」

泣きそうな顔をしながら、ふたりが五味さんに訴える。見ればひとりは股間《こかん》の布地部分が細狭く切れあがったきわどいハイレグ。もうひとりはピンク色のビキニ姿である。

どちらもスレンダーな体型で、はちきれんばかりの巨乳。おまけに美人であった。

親切心と一緒にスケベ心も過剰に働き、五味さんはふたりを店内に通した。

カウンターに並んで座るふたりの身体をちらちらと横目で堪能しながら、ラーメンを作る。

できあがったラーメンを差しだすと、ふたりは丼に顔を突っこむような勢いで、ずばずばとうまそうな音をたてて麺《めん》をすすり始めた。

熱々の麺をひとすすりするたび、レンゲでスープをごくりとひと飲みするたび、ふたりの弛緩《しかん》した笑顔から「はあっ……」と、満ち足りた吐息がこぼれ出る。

恍惚《こうこつ》とした表情でラーメンをすするふたりの姿に、五味さんもいろんな意味で満悦した。

「ごちそうさまでした」

空になった丼の上に箸《はし》を置き、笑顔でふたりが五味さんに頭をさげる。

はにかみながら、五味さんもふたりに頭をさげ返した。

が、再び顔をあげると、ふたりの姿が消えている。

ほんの一瞬の間の出来事だった。真っ青になって厨房を抜けだし、カウンター席へ回ると、ふたりが座っていた椅子の下に、細かく嚙《か》み砕かれた麺とスープがまるごと散らばっていた。

それで数年前、この海で若い女性ふたりが沖に流され溺死《できし》した事故を、ようやく思いだす。

がたつく両手で床上に散らばったラーメンを、五味さんは黙々と片づけ始めた。

磯料理

同じく似て非なる体験を、私自身もしている。

一昨年《おととし》の初夏だったと思う。妻を連れ、海辺の観光地へ出かけた。

平素、仕事ばかりでろくにかまってやれない妻を、少しばかり外へと連れだすためである。

折しも初ガツオの盛りでもあった。遊びがてら昼は海鮮料理でも食おうと持ちかけると、
妻は大層喜び、早く行こうとせっついた。

午前の早くに出発し、小一時間ほどで現地に到着した。生ぬるい潮風を肌身に受けながら
しばらく手近な観光名所をぶらぶらと、ほとんど腹を減らすためだけにそぞろ歩く。

やがて昼近くに差しかかり、腹もだんだんいい具合に空いてきた。

頃合いと判じ、海岸沿いの大通りにずらりと並ぶ飲食店を、ふたりで物色し始める。

ところが軒先に掲げられた品書きを見てみると、海鮮料理というのは存外高いものだった。

観光地のため、いくらか値段に上乗せ分があるのかもしれないが、それでもべらぼうに高い。

私の貧相な懐具合ではいずれも心許なく、近寄りがたい店ばかりである。

高価な品書きをひとしきり眺めてはため息をつき、店の前を次々と無言で通り過ぎる。

結局、軒並み予算に見合わず、ふらふらとさまよい歩くうち、細い路地を入った裏通りへいつのまにか足を踏み入れていた。裏通りにも小さな構えの飲食店がひしめき合っていたが、大通りのそれとはだいぶ違い、いずれも貧相でくたびれた風情の店ばかりである。

分相応と割りきり、身の丈に合いそうな店を物色することにする。

裏通りにある飲食店は、海鮮料理よりも単なる定食やラーメンを扱う店の割合が高かった。腹も限界だったので、私としてはもう食えるものならなんでもよいという心境だった。

ただ、その傍らには朝から海鮮料理を楽しみにしていた妻のしょぼくれた姿もある。やはり大通りへ戻って散財しようかと逡巡《しゅんじゅん》しているところへ、「磯料理」と縦書きされた古びた立て看板が目に留まった。

視線を上げれば、横幅三間ばかりのこぢんまりとした店である。

トタン張りの屋根と壁は、すっかり錆《さ》びて赤茶けている。入口のガラス戸は薄汚れて曇り、細長く走ったひび割れが、色褪《いろあ》せたガムテープで補強されたりもしていた。

一見、潰《つぶ》れた店かと見まがうほどの荒《すさ》みようだったが、入口には暖簾《のれん》が下がっている。ガラス戸には太いマジックで書かれた短冊状の品書きが、ずらりと貼られていた。見れば大通りのそれとは違い、エビもイカもウニもホヤも、大層安い料金設定である。

目当てのカツオもあったし、品書きが正しければカワハギやマンボウまで取り扱っている。

「ここにしよう」と妻に声をかけ、古びた引き戸をがらりと開けた。

薄暗い店内には四人掛けのテーブルが三つ。店の奥側には小上がりもあって、そちらにもテーブルがふたつ置いてある。

入口近くのテーブルにつくと、厨房《ちゅうぼう》の中から白髪交じりの痩《や》せた親父がのそりと出てきた。

「いらっしゃい。うちはなんでもおいしいよ」

にこにこと愛想笑いを浮かべながら、テーブルの上に水の入ったコップを置く。

壁に貼られた品書きを眺めていると、親父が再び厨房から出てきて私の前に小鉢を置いた。

「こちら、当店の特別サービス。大海原《おおうなばら》の珍味っす」

「ああ、どうも」

礼を述べながら小鉢に目を落とすと、中身ががさごそと蠢《うごめ》いていた。

虫だった。

フナムシやらゴカイやら海辺の薄気味悪い生き物たちが、生きたまま山盛りになっていた。

ぎょっとなって椅子から尻が跳ねあがる。

「なんですか、これ！」

「特別サービス。大海原の珍味っす」

声を張りあげ抗議するも、親父の笑顔は貼りついたように剝《は》がれない。

「おい、出るぞ」

そう言って隣を振り向いた瞬間、ようやく妻がいないことに気がついた。

大あわてで店から飛びでると、妻が店の前にぽつんと独りで突っ立っていた。

「どうしたの？」

小首をかしげ、怪訝《けげん》そうな面持ちで妻が私に問いかける。

「どうもこうもない。この店はとんでもない店だ！」

興奮気味にまくし立て、うしろを振り向き、店を指さす。

開け放たれた入口から見える店内は、もぬけの殻だった。

テーブルも椅子も置かれていない。小上がりの畳も、一枚残らず剝がされている。

入口の暖簾も品書きも、いつのまにか綺麗さっぱり消え失せ《きう》ていた。

「どうしたの？」

再び問いかける妻に「なんでもない」と答えると、私は無言で歩きだした。

お店の中でぼおっとしてるから、心配しちゃった。

私の背中に向かって妻がそんなことをつぶやいたが、聞きたくもなかった。

昼飯は結局、大通りの海鮮料理屋で大枚はたいて海鮮丼と刺盛りを注文させられた。

食事中、先ほどの山盛りにされた「大海原の珍味」が何度も何度も思い返され、初めから
こうすればよかったと激しく後悔する。

灰皿

ラーメン屋を営む早坂《はやさか》さんから、こんな話を聞いた。

昼の営業が終わった午後の四時過ぎだったという。厨房《ちゅうぼう》で従業員ふたりと談笑していると、客席のほうから突然、がしゃーん！　と大きな音が響いた。

あわてて駆けつけてみると、小上がり席のテーブルに置いてあったガラス製の小さな灰皿が床の上へ落ち、粉々に砕け散っていた。

テーブルから灰皿が落下した床までの距離は、およそ二メートル。

店内の窓は全て閉めきってあるため、風で飛ばされたということはありえない。

そもそも灰皿は、風で飛ばされるような軽いものではない。

仮に誰かのいたずらだと考えても、店の入口は夕方の営業開始時間まで施錠してあるため、誰も中に入ることはできない。

その時店にいたのは、早坂さんと二名の従業員だけである。その全員が厨房にいた。

どう考えても灰皿が勝手に宙を舞って、割れたとしか思えないという。

猫爆発

自動車工場に勤める相田《あいだ》さんが、こんな話を聞かせてくれた。

昼休み、工場の裏手に面した空き地で仲間たちと草野球に興じていた時のことである。

ふいに空き地の端の草むらから、丸々肥えた赤茶のトラ猫が一匹、のそりと姿を現わした。

猫は草野球に興じる相田さんたちなどおかまいなしに、空き地のど真ん中を横切り始める。

……邪魔だな、こいつ。

思った瞬間、ぼん！　と音を立てて猫が弾《はじ》けた。

その場は一時騒然となった。誰ともなしに「爆弾でも仕込まれたのではないか？」という憶測も飛びだし、警察に通報すべきかどうかという話にまでなる。

ところがよくよく状況をあらためてみると妙なことに気がつき、通報の話は保留になった。

現場をどれほど調べても、爆発した猫の破片が、一片たりとも見つからなかったのである。

もしかしたらぬいぐるみか何かだったのでは？　という話も飛びだしたが、それにしてもぬいぐるみや玩具の破片らしきものさえ全く見当たらない。

結局この日、空き地で爆発したのはなんだったのか、未《いま》だに分からないままなのだという。

赤い女の子

妻が分厚いカーディガンを着こんでいたから、寒い時期だったのだと思う。

午後の八時過ぎ、緊急で対面相談の依頼が舞いこんだ。五十代前半の両親と高校生の長女、中学生の長男に、同じく中学生の妹。総勢五人の家族が私の仕事場を訪れた。

仕事場の座卓に一家が座ってまもなく、妻がお茶を持ってきた。

「どうぞ」「どうぞ」と、ひとりずつ声をかけながら、座卓の上に次々とお茶を置いていく。

「どうぞ」

誰も座っていない座卓の一角に、妻がことりとお茶を置いた。

「気味の悪いことするなよ」

苦笑いしながら、静かにたしなめる。

妻はきょとんとした顔で首をかしげ、そのまま部屋を出ていった。

その後、二時間ほどで相談が終わり、玄関口まで一家を見送った。

戸を閉めて振り返ると妻が苦い顔を浮かべて、上がり框《がまち》に突っ立っていた。

思わずぎょっとなって「なんだよ！」と身を仰《の》け反らせる。

すると妻が、ぼつりとこんなことを言いだした。

「あの女の子、どこに行ったの？」

「どの女の子？　みんな帰ったよ」

「赤い服着た、七歳ぐらいの女の子。あの子、まだ帰ってないよ」

「そんな女の子、来てないだろう」

一家の中にいたのは高校生と中学生の女の子である。そんな小さな女の子など来ていない。

来ていたとしたら。

「……どんな赤い服だった？」

「赤い半そでのワンピース。こんなに寒いのに変なんだけど、でも赤い半そでだった」

この世の者ではないのである。

つい先ほどまで、中学生の妹を頼ってとり憑《つ》いていた、ある少女の霊を供養していた。

ちょうど七歳ぐらいの、幼い女の子だった。

ちなみに服は赤ではない。本当は白いワンピースである。

切られた首からしたたる血に染まり、真っ赤に見えるだけなのである。

語らば至る

真夏のある晩、妻とふたりで隣町のシネコンへ映画を観に出かけた。

お目当てはもうだいぶ以前から封切りを心待ちにしていた、アメリカ製のB級ホラー映画。

ところがいざ観終えてみると、あまりに微妙な出来栄えにため息しか出てこなかった。

どうやら短い予告編に本編の見どころを全部使いきった、典型的なダメ映画だったらしい。

駐車場に戻って車に乗りこんでからも微妙な感じは治まらず、助手席へ座る妻に向かって、

「楽しみにしてたのになあ」「レイトショー割引でも高いよなあ」などと毒を吐き散らす。

ところが妻のほうは割と楽しめたらしく、「そうかなあ。面白かったけど」などと答えてにこにこ笑うため、今度はなんだか自分だけ損したような気分になってきた。

やがて車はシネコンが立つ市街地を抜け、自宅へ続く農免農道へ出ようとしていたのだが、私は直前でハンドルを切ると、街灯すらも立っていない真っ暗闇の田舎道へ車を向かわせた。

道の両脇には田畑が広がっているのだが、夜は暗くて何も見えなくなるようなところである。

ほどなく車が暗闇の中へ完全に没すると、私はいかにもわざとらしい低い濁声《だみごえ》を張りあげ、

「そういえば、この辺にはタチの悪い霊が出るらしいねえ！」と叫んだ。

たちまち妻が「やめてよ！」と非難の声をあげるが、かまわず私は「妙な気配を感じる！」「うしろに子供が乗ってるぞ！」などと騒ぎ立て、何も悪くない妻を脅かしまくった。大仰に頬を膨らませながら私を睨《にら》みつける妻の様子が面白く、愚にもつかない脅し文句をさらにしつこく浴びせ続けていた時だった。

「うるさいよ」

左耳のすぐそばで、甲高い子供の声が聞こえた。

同時に妻も金切り声を張りあげて、「今の何！」と真っ青になった。

妻のほうは、右耳のすぐそばで声が聞こえたのだという。

私と妻が聞こえた声の位置から割りだすと、どうやら声の主は後部座席から頭を突きだし、運転席と助手席の間で声を発したことになる。

ただし背後を振り返っても、誰もいやしなかった。

その後は完全に気を悪くした妻を慰めながら、さらに微妙な心地で帰宅する羽目になった。

それから何週間か経って、昼間にたまさかひとりで同じ道を通る機会があった。

前方の道端に何か立っているのが見えたので、視線を凝らして見ると、お地蔵さんだった。

のちに調べたところ、二年ほど前に幼稚園児の交通死亡事故があった現場なのだと分かる。

運転中は妙なことを言うものではないなと反省しつつ、以後は口を慎むようにしている。

巨女

あなたと一緒にいると、変な体験ばかりさせられる……。

妻はそんなことを言うが、実は娘時代からひとりでも十分に変な体験はしていると思う。

妻が小学四年生の頃である。

木枯らし吹きすさぶある秋の夜、実家でこんなものを目撃している。

早々と風呂を済ませ、自室へ続く廊下を歩いていると、

「ふふっ」

突然、鈴を転がすような女の笑い声が、耳に届いた。

辺りを見回すと、両親が寝室に使っている座敷の障子戸が半分開いているのが目に入った。

母親かと思い、障子の隙間に顔を寄せ、すっと中を覗《のぞ》きこむ。

暗い座敷の中央に真っ青な十二単《じゅうにひとえ》を羽織った、大きな女が座っていた。

直立する妻を座りながら悠々と見下ろせるほど、女の身体は巨大だった。

女は妻の姿を認めると目元をほころばせ、またひと声「ふふっ」と笑った。

とたんに妻の身体が、ぎくりとなって凍りつく。

静まり返った暗い座敷に衣擦《きぬず》れの鋭い音を響かせながら、女がゆっくりと腰を持ちあげた。

脳天が天井板にこすりつき、首が斜めにかたむく。続いて肩と背中が、天井板に密着する。

立ちあがった女の身体は天井板にはばまれ、「つ」の字のように折れ曲がっていた。

ずん。

重苦しい地響きが、妻の身体をじんわりと突き抜ける。

妻に向かって女が一歩、大きく足を踏みだしたのだった。

カーテンほどの丈もある、長くてまっすぐな黒髪が、ざわざわと右へ左へ揺れ動く。

女は俵《たわら》のような丸顔に、にこにこと柔和な笑みを浮かべていた。

害意のない、とても優しい笑顔だった。けれどもそれが、逆にとてつもなく恐ろしかった。

ずん。

再び地響きが巻き起こる。斜めにかたむいた女の顔がさらにもう一歩、妻の前へと近づく。

ここでようやく妻の口から、ありったけの悲鳴が絞りだされた。

はたと我に返る頃には、もう女の姿はどこにもなかったという。

婆ちゃん

高校二年生の夏。妻の婆ちゃんが亡くなった。

夕方、自宅前の道路を横断中、酒気帯び運転の車に撥《は》ね飛ばされたのだった。

根っからの婆ちゃん子だった妻は当時、葬儀にも参列できないほど取り乱した。

百箇日が過ぎて、まもなくからだったという。妻は仏間に布団を敷いて寝るようになった。

仏壇を前に眠っていると、亡くなった婆ちゃんと一緒にいられるような気がしたからだ。

仏間に寝始め、数日が過ぎた頃だった。

夜中に縁側の窓ガラスが、こつこつと叩かれるようになった。ガラスが鳴るのは決まって深夜の二時。あまり大きな音ではなかったが、執拗《しつよう》に叩かれるので目が覚めてしまう。

明らかに人の指が叩く音だった。人差し指の第二関節が、こつこつとガラスを叩いている。そんな映像が、嫌でもまぶたの裏に思い浮かんだ。

怖くて布団から抜けだすことができなかったが、音は毎回、妻が目覚めて五分ほどするとふいにぴたりと立ち消える。それまで布団の中で身を固くして、じっと辛抱する日が続いた。

親に話しても信じてもらえなかった。気のせいだろうと馬鹿にされた。

一時は仏間に寝るのをやめて、自分の部屋へ戻ることも考えた。だが結局、妻はそのまま仏間で寝続けることを選んだ。

当時、妻の自室は前庭に面した二階にあった。いつもガラスを叩かれる縁側の真上である。もしも自室の窓も同じように叩かれたら……。そんなことを考えてしまうと、とても二階で眠る気になどなれなかった。

それに仏間で眠れば、婆ちゃんや先祖が守ってくれるような気もした。ガラスを叩く音は怖いけれども、独りで二階に寝るよりははるかに安心できた。

深夜に音が聞こえ始めてから、およそ一週間が過ぎた頃だった。

いつもどおりガラスを叩く音が鳴りやんだあと、妻は静かに戸を開け、仏間を抜けだした。毎晩聞くうち、音にもだんだん慣れてしまっていた。怖い気持ちがなかったわけではないが、その夜はガラスを叩く音の正体というか、原因を知りたい衝動に駆られたのだという。

廊下へ出ると、縁側に面したカーテンを細くめくった。

ガラスに顔を近づけ、外の様子を覗《のぞ》き見る。

前庭のさらに向こう、自宅の門口にぼんやりとした人影が見えた。周囲を包む闇の暗さと距離が遠いせいではっきりとは見えないが、どうやら白髪の老婆が立っているらしい。

場所はちょうど、亡くなった婆ちゃんへ献花している辺りである。

直感で「あ、婆ちゃんだ」と思った。

そのままじっと目を凝らし、門口に佇《たたず》む人影の仔細《しさい》をうかがう。

輪郭がもやもやとしていた。なんだか人の形をした煙のようにも見える。

人は死んでしまうと、あんなふうになるのか……。

そんなことを考えていると、やおら婆ちゃんがこちらへ向かって歩きだした。

ふらふら、もやもや、ゆっくりと、白髪頭の婆ちゃんが妻へと向かって近づいてくる。

距離が狭まるにつれ、顔や服装もだいぶはっきりと視認できるようになってきた。

水色の半袖シャツに、下は紺色のもんぺ。白いゴム長靴を履いている。髪型はふわふわと綿菓子のように膨らんだ短髪。背丈は小さく、体形はずんぐりとしていた。

服装も髪型も体形も、妻の知る婆ちゃんと合致するものは、何ひとつなかった。

顔を見る。

全く知らない老婆だった。顔中に寒気のするような薄笑いを浮かべている。

とたんに落雷のような衝撃が妻の背骨を突き抜けた。あわててカーテンから身を引き離し、その場に凍りつく。逃げようと思ったが、膝ががくがく笑ってまともに動かせなかった。

その間にも見知らぬ老婆は妻へと向かって、まっすぐゆっくりと近づいてくる。

激しいパニックに唇がわなわなと震え、呼吸が荒くなる。首筋には冷や汗もにじみ始めた。

窓ガラス一枚を隔てた妻と老婆の距離が、あと数メートルのところにまで縮まる。

老婆の顔もはっきりと確認できた。目がぎらぎらと血走っている。

皺《しわ》だらけの顔に刻まれているのは親しみや優しさなど微塵《みじん》も感じられない、殺意と狂気に満ちた荒々しい笑顔だった。

老婆の片足が、縁側の板に乗りあがる。妻の目と鼻の先に、禍々《まがまが》しい笑顔がぐんと迫る。殺される……。

思った瞬間、背後から襟首をぐっと引かれた。身体が仰《の》け反《ぞ》り、両足がうしろへ数歩退く。続いて妻の肩越しから皺だらけの腕がにゅっと伸び、細く開いたカーテンが閉められる。

「だいじょぶだから、もうねなさい」

聞き慣れた懐かしい声が、背中越しに優しく響いた。忘れもしない、婆ちゃんの声だった。

「婆ちゃん！」

泣きながら振り返ると、暗い廊下には誰もいなかった。

直後、庭先でどん！　と何かが爆発するようなけたたましい音が轟《とどろ》いた。

その晩はそれっきり、何も起こることはなかったという。

翌日以降も妻はしばらくの間、仏間で眠り続けた。

この一件以来、夜中に聞こえる音がなくなったからである。

妻は今でもこの話をするたび、「婆ちゃんがやっつけた」と言って目を輝かせる。

覗き目

高校最後の夏休みにはこんなこともあったと、妻がさらに語った話。

昼間、自宅の近所にあるレンタルビデオ店に入った時のことである。

店内のいちばん奥にある、日本映画のコーナーに行った。中腰の姿勢でずらりと棚に並んだビデオのタイトルを眺めていると、ふいに前方から強い視線を感じる。

不審に思って顔をあげてみると、スチール製のビデオ棚の細長く開いた隙間の向こうから、茶色く濁った男の両目が、こちらをじっと覗《のぞ》きこんでいた。

内心どきりとしたものの、何食わぬ顔を装い、さっと目をそらす。

顔をあげて足を動かし、再び気を取り直しつつビデオの列へと視線を戻す。

だが、しばらくするとまたしても前方から強い視線を感じる。

恐る恐る顔をあげると、やはり男の両目が妻の顔をまっすぐに見据えていた。

ビデオの列と棚板に挟まれた細狭い隙間から覗いているため、男の顔は一部しか見えない。

ただ、どろどろと脂ぎった浅黒い頬の一部と、毛穴の開いた鼻は確認することができた。

さすがに身の危険を感じ、その場を離れて歩きだす。

店の入口へ向かってつかつかと歩きながら、棚の隙間へ再びちらりと視線を向けてみた。男の両目も妻とぴったり歩調を合わせ、滑るような動きでついてきていた。

ぞっとしながら視線を前方へ戻す。

このままだと、什器《じゅうき》の端で鉢合わせになってしまいそうだった。そうなれば何をされるか分かったものではない。行動から察して、男が普通でないことは明白だった。

意を決してたっと駆けだし、棚の端へと大急ぎで向かう。

が、再び横目で棚の隙間を見ると、男の両目も同じ速さでついてくる。

棚の端まで残り一メートル辺りまできたところで、もう一度隙間のほうへ目を向けてみた。

妻の視線と同じ高さに、茶色く濁った両目がぎろりと覗いている。

まだついてきていた。このままだと棚を抜けた通路で鉢合わせになる……。

棚を抜けたらそのまま全速力で店を出よう。生きた心地もしないまま、ビデオ棚の端から勢いよく飛びだす。

とたんに妻の足がぴたりと止まる。

ビデオ棚の向こう側は、壁だった。

それでようやくこの店の間取りを思いだす。

日本映画のコーナーは店内のいちばん奥。棚は壁を背にしてぴたりと設置されている。紙のように薄い人間でもない限り、棚の向こうから妻を覗くことなど、できないのである。

隙間

娘時代に妻が体験した主たる怪異は以上である。

障子の隙間を覗《のぞ》きこんだら巨大な女と出くわした。カーテンの隙間から外を覗きこんだら見知らぬ老婆に迫られた。レンタルビデオ店の棚の隙間から男の両目に覗きこまれた。

なんの因果かいずれも〝覗く〟という行為が怪異の引き金になっている。そう指摘すると妻は暗い顔をして目を伏せた。

今でも妻は細狭く開いた扉やカーテンの隙間が、大の苦手である。


つい先日もこんなことがあった。

早朝、目覚めると玄関戸がわずかに開いていた。微妙な開き具合から猫が脱走したのだと察する。がりがりと前脚で引き戸をこじ開け、こうやってたまに脱走するのである。

やれやれと思いながら、戸に手をかける。

顔をあげると、十五センチほど開いた戸の隙間から女の顔が覗いていた。黒髪をまっすぐ伸ばした、目の細い、四十絡みの痩《や》せこけた女である。

思わず「きゃっ！」と悲鳴をあげ、うしろへ飛び退く。
しかし、取り乱す妻の様子を見ても、女の顔はぴくりともしない。
驚いたものの、もしかしたら相談客かもしれないと思い、気を取り直して声をかける。
しかし、女からの返答はない。ただただ無言で妻の目をじっと見つめるだけである。
「なんですか？」
おずおずと再び声をかけた瞬間、ようやく異変に気がついた。
即座にぴしゃりと戸を閉める。

女は首から下がなかった。

首だけ浮いて、戸口の向こうに漂っていたのである。
図らずもまた〝覗く〟という行為が、怪異を引き寄せる形となった。

してやられたり

幸恵《ゆきえ》さんがいつものように仕事を終え、家路をたどる夕暮れ時のことだった。

勤め先の食品工場は、自宅アパートから徒歩で十五分ほどの距離にある。

この日も工場裏手の田んぼ道を抜け、合間に民家が点々と立ち並ぶ細狭い林道へと入った。いずれも通い慣れた通勤路である。

就職の都合で引っ越してからおよそ三年。自分なりに付近の道路をリサーチしてみた結果、このルートがいちばんの近道だと判明した。以来、この道を使って毎日通勤を続けている。

ひと気のない林道を独りで歩いていると、ふいにうしろから「ねえ」と声をかけられた。

振り返ると四歳ぐらいの小さな女の子がひとり、道の真ん中に立っている。

短い髪の毛を大きなリボンでたまねぎ頭に結わえあげた、可愛らしい女の子である。

「こんにちは。どうしたの？」

幸恵さんも笑顔で応《こた》えると、女の子はくすくす笑いながらおいでおいでをしてくる。

「なあに？」

別段急いでいるわけでもない。今来た道を引き返し、女の子の許へ近寄った。

女の子は幸恵さんの顔をまじまじと見あげ、両手を口元に当ててもう一度くすくす笑うと、「こっち」と言って雑木林の中へと消えていった。

近くに何軒か民家があるとはいえ、こんな夕暮れにあんな小さな子が林に入ったら危ない。どこの子なのかは知らないけれど、放っておくわけにもいかず、幸恵さんは女の子のあとを追って、雑木林の中へと駆けこんだ。

前方に目を凝らすと、鬱蒼《うっそう》と生い茂った草木の合間を、とたとたとおぼつかない足どりで駆け抜けて行く小さなうしろ姿が見える。幸恵さんとの距離はもうだいぶ開いていた。

「ねえ、待って！　危ないよぉ！」

声をかけるも、女の子は林の奥へと向かって、さらにぐんぐん分け入っていく。

「ちょっと待って！　本当に危ないから駄目だよっ！」

徐々に焦りを感じ始めた幸恵さんも、足を速めて女の子を追う。

そのうち前方で「あっ！」と声があがった。

下草を掻《か》き分け急いで先へ向かうと、小さな沼に女の子が落ちて、ざばざばと水しぶきをあげながらもがいていた。

真っ青になって沼の縁へと駆け寄り、溺《おぼ》れる女の子に手を伸ばす。

ところが女の子に手をつかまれた瞬間、子供とは思えないような物凄《ものすご》い力で引っ張られ、幸恵さんも沼の中へまっさかさまに落ちてしまった。

水しぶきが弾《はじ》ける大きな音に続き、重たく冷たい水の感触が、全身をごおごおと駆け巡る。耳の中が水で埋まり、のどの奥が水で塞《ふさ》がれ、鼻の中が水に刺されて鋭い痛みが走る。

水中でがばがばともがいていると、女の子の顔が濁った水の中にうっすらと見えた。

女の子は、笑っていた。

やられた。理屈など関係なく、直感的にそう思った。

どうにかして水面へあがろうと懸命に手足をばたつかせたが、どれだけあがいても水面へあがることはできなかった。女の子が自分の足を引っ張っているからである。

そうこうしているうちにも身体が沼の底へと少しずつ沈んでいくのが感じられた。

全身に力が入らず、目の前も徐々に暗く霞《かす》んでいくのが分かる。

ああ……死ぬってこういう感じなんだ、と思ったところで意識が突然ぶつりと切れた。

気がつくと、幸恵さんは真っ暗闇の中にいた。

動こうとすると全身を何かに押さえつけられ、手も足も、首すらも動かせない。

それでもどうにか身をよじろうとしてみると、なんだかひんやりしていてやわらかい物に、全身をずぶずぶとまさぐられる感触があった。

闇の中は物凄く息苦しい。おまけになんともいえない不快感が、全身を覆ってもいた。

この場にいたらいけない。自分がとんでもない場所にいると感じ、焦りと恐怖が湧き立つ。パニック状態に陥り、ありったけの声を振り絞って幸恵さんは救《たす》けを求めた。

とたんに前方の暗闇が崩れるように開《ひら》け、麦わら帽子をかぶったお爺さんが、幸恵さんの顔をぬうっと覗《のぞ》きこんだ。

「きゃっ！」と悲鳴をあげる幸恵さんを尻目に、お爺さんは何食わぬ顔で、

「すぐに出してやっから、大人しく待ってろ」と告げた。

お爺さんの手にしたスコップで、周囲の闇がざくざくと取り払われていく。

ほどなくして幸恵さんはお爺さんの手に引かれ、暗闇を抜けだした。

一体、何がどうなっているんですか……？　お爺さんに尋ねようとした瞬間、先ほどまで自分が入っていた背後の物体に、ふいと目が留まる。

それがなんなのか分かるなり、幸恵さんの唇がみるみる歪《ゆが》み、口から勝手に悲鳴が漏れた。

なんと、幸恵さんが全身をずっぽり埋もらせていたのは、巨大な牛の堆肥《たいひ》の山だった。

至極当然の話ながら、幸恵さんの身体は頭のてっぺんからつま先にいたるまで、全身牛の糞《くそ》まみれとなっており、凄《すさ》まじい悪臭を放っている。

幸恵さんはたまらずその場に嘔吐《おうと》した。

「どっちにやられだ？」

地面にうずくまり、べそべそと泣きだす幸恵さんに、能天気な調子でお爺さんが尋ねる。

「なんですそれ？　どういう意味です？」

わけが分からず訊《き》き返した幸恵さんに、お爺さんはどことなくにやけた面で、こう答えた。

「手ぇ引がれたのが小っちぇ娘っコだったら、おらの家の堆肥ン中さ、ずっぽり埋もれでる。手ぇ引がれたのが若ぇべっぴん姉ちゃんだったら、向がいの家の豚小屋で糞まみれになって一晩中のだ打ぢ回ってる」

すかさず「女の子です」と、幸恵さんが答えると、

「やっぱしなあ」と、得心したかのような顔で独りごち、お爺さんはかっかと笑った。

「大丈夫だあ。殺されだりどかはしねえがら。たまーにこうやって悪さぁすんだげどもよお、害はねえがら安心しろや」

「一体なんなんですか？」幸恵さんが尋ねると、

「狐か狸だべ」と、当たり前のように返された。

「たまにって……他にもこんな目に遭った人、いるんですか？」と尋ねると、

「いるよ。んでも、みんな被害が被害だがらなあ……家さ帰っても口塞いじまうんだべなあ。ああ、オラもよそ様さは今日の姉ちゃんのごど、言っだりしねえがら、安心してけろ」

そう言ってお爺さんは再び、かっかと笑った。

その後、幸恵さんはお爺さんの家で風呂を借り、着がえまで貸してもらった。家にはお爺さんの奥さんと思《おぼ》しきお婆さんと、若いお嫁さんらしき人がいた。驚いたことにふたりとも大変手馴《てな》れた様子で、堆肥で汚れた幸恵さんの〝処理〟にあたり、「大変だったねえ」「大変だったねえ」と、口々に同情してくれたという。

お礼を言いながら門戸を抜けると、お爺さんの家は雑木林の中に立つ、なんの変哲もない一軒家だった。

後日、着がえをお爺さん宅へ返しに行ったのを最後に、幸恵さんは通勤路を変えた。

お知らせ

圭君《けい》が高校時代、仲のよい先輩や友人たちと心霊スポット巡りに出かけた時のこと。深夜過ぎ、先輩の運転する車で出発した圭君一行は、携帯サイトで近場の心霊スポットを検索しつつ、行けそうなところを何地点か絞りこんだ。

最初は幽霊が車に乗りこむという山中のトンネル。次は身投げした女がすすり泣くという古びた橋。それからしばしば霊が目撃されるという墓地を順次回って歩いた。

しかしどこへ行ってみても幽霊はおろか、怪奇現象のひとつさえ少しも起こる気配はない。初めのうちは黄色い声ではしゃいでいた一行も、しだいに飽きてきたのだという。

まだ時間もあるし、ということで帰り足の最後に立ち寄ったのは、圭君の地元にほど近い山の麓《ふもと》の小さな神社だった。

昔から、深夜に女の笑い声が聞こえる。境内で白い人影を見た。帰り道はかならず事故る。などの噂がある、地元ではそこそこ有名な心霊スポットである。

ツアーの候補に挙がらなかったのは別段恐ろしかったからではない。あまりに近場なうえ、新味に乏《とぼ》しい場所だったので、除外していただけだった。

先輩の運転する車が、ほどなく神社の前へ到着する。車を降りると、鬱蒼《うっそう》とした樹々に挟まれた鳥居をくぐり、長い石段をみんなでゆっくりと上り始めた。

総勢五名で連れ立っていた圭君一行は、各自が持参した懐中電灯を持っていた。そのため、周囲は常に煌々《こうこう》とした灯《あか》りに照らされ、非常に明るい。

これも興を殺《そ》ぐ一因となっていた。

なおかつ心霊スポット巡りもこれで四件目。しかもこれまでなんの異変も起こっていない。そんな緊張感のなさも手伝って、誰もがほとほと食傷気味になっていた。

「なあ、やっぱり幽霊なんていねんじゃね？」

先輩が気だるそうにぼやいたのを受けて、誰もがうんうんと相槌《あいづち》を打ち始めた。

あれやこれやと軽口を叩きながら石段を上りきり、境内へ足を踏み入れた直後だった。

「実際、亡くなった方もいらっしゃると聞きます」

圭君たちのすぐうしろで、女の声がした。

圭君たちのメンバーに女性など、ひとりもいない。

「なんだ、今の声……」

誰かがつぶやいた瞬間、圭君たちの持っていた全ての懐中電灯が、一斉にふっと消えた。

うわっ！　と悲鳴をあげ、みんなで転がるようにして真っ暗な石段を一直線に駆け下りる。

「なんだ今の、なんだ今の、なんだ今の、おいッ！」

上擦った声で怒鳴り散らす先輩に「知りません、知りません！」と答えながら、みんなで一目散に車中へ飛びこむ。

路上にタイヤの音を派手に軋《きし》ませながら、先輩が勢いよく車をだす。アクセルはベタ踏み、ほとんど自爆するような勢いで、車は深夜の田舎道を猛然と走りだした。

その後、どこをどう走ったのかは憶《おぼ》えていない。ただ、爆走する車中に自分たちの悲鳴が絶えることなくあがり続けていたのだけは、憶えているという。

気づけば車は、地元のコンビニの駐車場に停まっていた。

さっきの声は一体なんだったんだろう……。

みんなで語り合っているうちに、誰ともなく互いの顔に妙な違和感があることに気がつき、次々と首をかしげ始めた。

その原因が分かった瞬間、再び車内に大きな悲鳴が巻きあがる。

圭君を含むメンバー全員のまつ毛が、全部抜けてなくなっていたのだという。

喜んで

真夏の深夜、多喜田《たきた》君は職場の仲間たちと、廃墟《はいきょ》になった地元の観光ホテルへ忍びこんだ。

結婚披露宴の会場に使われていたホールへ行ってみると、新郎新婦が座るテーブルの上に古びた市松人形がぽつりと置かれているのが目に入る。

「おひとりですか？　よければオイラと結婚しちゃあもらえませんかね？」

人形の前でひざまずき、多喜田君が冗談めかして語りかけると、周りにいた仲間たちからどっと笑いが湧きあがった。

それからホテルの中をひとしきり探索し、仲間たちと別れて家路に就く。

自室のベッドに入り、やがてうとうとしかけた頃だった。布団の端のほうからもぞもぞと何かが入ってきて、多喜田君の胸元にぺたりと貼りついた。

びくりとなって布団をめくりあげると、披露宴会場にいたあの市松人形が多喜田君の胸にぴたりと身を寄せ、いかにも親しげに横たわっていたという。

時計工場　陰

一之瀬《いちのせ》さんが小学生の頃。地元に幽霊がでると噂の廃墟《はいきょ》があった。

町外れの小高い丘の上にそびえるこの廃墟はその昔、大規模な時計工場だった施設である。

肝だめしへ行った若者が幽霊を目撃したという話や、帰り道で事故に遭ってしまったなどの逸話が誰の口からともなく、まことしやかにささやかれていた。


一学期もそろそろ終わりに近づく、小学六年生の夏だった。

一之瀬さんを含む六名の男子が、この時計工場に探索へ出かけることになった。

早々と授業の引けた土曜日の昼下がり。梅雨前線の影響で茹《う》だるように蒸し暑い陽気の中、一行は自転車を駆って現地へ乗りつけた。

時計工場は平屋建て、鉄筋コンクリート製の巨大な建屋。外壁全体は腐ったように黒ずみ、壁の上には細長い蔓《つる》が毛細血管のようにびっしりと張り巡らされていた。

窓ガラスは大半が割られ、無事なガラスも長年雨風に打たれた影響で茶色く曇っている。

周囲は鬱蒼《うっそう》とした樹々に囲まれているため、昼だというのに薄暗い。

外観からして、いかにも〝出そう〟な雰囲気だった。

恐る恐る内部へ踏みこむと、戸外の蒸し暑さとは打って変わって空気がひんやりと冷たい。床中のいたるところには工業機械の残骸《ざんがい》やガラスの破片などが荒々しく散乱していた。異様な雰囲気に思わず一同、ごくりと唾《つば》を呑む。

とはいえ総勢六名という大所帯である。怖くはあったが、腰が引けるというほどでもない。ほとんど数の勢いに任せ、そのまま建物の奥へ向かってずかずかと突き進んでいった。

軽口を叩きつつ、荒れ果てた工場内のひとつひとつをつぶさに観察しながら歩いていると、工場内の荒《すさ》んだ雰囲気にもだんだんと慣れてきた。

「別に大したことないじゃん」

一之瀬さんがそう言うと、周囲の友人たちも口々に強がりを言ってみせた。

やがてしばらく進むと、外からの光がほとんど差しこまない工場奥の一画へたどり着いた。うずたかくほこりの積もった製造機械の山が死体のように積み重なって横たわる、全体的にどんよりとした陰気臭い場所である。先ほどまでとは、明らかに雰囲気が違っていた。

ここから先がいよいよ本番と気を引きしめ、ゆっくりとした足どりで前へと進む。

さらにいくらか進んでいくと、ふと前方の暗がりに、白い人影がちらついて見えた。

「あっ」と思って目を凝らしてみると、ぼろぼろに朽ち果てたベルトコンベアーを背にして裸の女がぽつんとひとり、突っ立っていた。

女の顔を見たとたん、一之瀬さんの全身からざっと血の気が引く。

裸の女は、当時中学三年生だった一之瀬さんの姉だった。


友人たちも気づいたようで、その場にぴたりと足を止め、凍りついたように固まる。

目の前のあまりにも場違いで異様な光景に、何が起きているのか全く理解ができなかった。

わけも分からぬまま震えていると、床上に散乱したガラスの破片が砕ける、がしゃりという音が耳を突き刺した。

生気のこもらぬ眼差《まなざ》しで一之瀬さんたちをどんよりと見つめながら、裸の姉がゆっくりと一歩、生白い素足をこちらへ向けて踏みだしたのだった。

次の瞬間、みんなで悲鳴をあげながら一目散に工場から逃げだした。

死に物狂いで外へと飛びだし、自転車にまたがると無我夢中でペダルを漕《こ》いだ。

当時、一之瀬さんの姉は肺病を患って、長期の入院生活を送っていた。

だから姉があんな場所にいるはずなど、ましてやあんな姿でいるはずなど、どう考えても絶対にありえないことなのだった。

もしかしたら人違いか、目の錯覚だったのかもしれない――。

なんとかそのように思いこんで、自分自身を納得させようと必死になって努めた。

しかしそんな思いは、友人たちの言葉によってたちまちのうちに潰《つぶ》されてしまう。

あれは確かに一之瀬の姉ちゃんだった。

震える足で自転車を漕ぎながら、友人たちは口を揃えてどよめいた。

全速力で自宅へ駆け戻ると、台所にいた母親を捕まえ、姉の容態を訊《き》いた。

母親は怪訝《けげん》な顔つきをしながらも、姉の経過はいたって順調、容態も何ひとつ変わりなく、つい先刻も見舞いに行って顔を見てきたばかりだと答えた。

その後、一之瀬さんの姉は何事もなく退院している。


「今思い返すと、恐ろしいというよりは、なんというか、ひどくおぞましい体験をしました。あれは一体、なんだったんでしょうね。ちなみに姉は、今でも変わらず元気にしています」

現在、三十路《みそじ》を迎えた一之瀬さんは、少年時代におけるこの不可思議な体験をひとしきり語り終えたあと、だがさらにこう続けた。

「でも、この話には続きというか、後日譚《たん》みたいなものがあるんです――」


それが、次の話である。

時計工場　陽

少年時代に一之瀬さんが異様な体験をした件《くだん》の時計工場も、数年前にようやく解体された。その後、更地となった工場跡にはグループホームが新設されたのだという。

このグループホームに縁あって、一之瀬さんの姉、妙子《たえこ》さんが就職した。

妙子さんとはもちろん、一之瀬さんが少年時代、荒れ果てた工場内でショッキングな姿を目撃してしまった、あの一之瀬さんの姉その人である。

ホームは開設されてまもなくから、土地の前歴を知る職員を中心に奇妙な報告が相次いだ。

曰《いわ》く、夜中に誰もいないはずの部屋から人の気配や笑い声がした。

同じく深夜の巡回中、見えない何かに突然、背中を叩かれた。

水道の水が勝手に流れだした……などなど、いずれも何やら因縁めいた報告ばかりである。

噂は当然妙子さんの耳にも入ってきたが、彼女自身はあまりそのようなことを気にしない合理的な性分だった。何を聞いても殊更《ことさら》気に留めることはなかったという。

ただ、気には留めなかったものの、妙子さん自身も不可解な体験自体はしていた。

深夜、独りで事務室にこもって仕事をしていると、誰かが廊下を歩く足音が聞こえるのだ。

初めは巡回に出かけた相方の足音かと思っていたが、すぐに違うということに気がついた。足音はぺたぺたと湿っており、どうやら裸足《はだし》。それも複数の発するものだった。

巡回中の相方はゴム靴かサンダルを履いている。とすれば、ホームに入居している老人の誰かが、深夜徘徊《はいかい》をしている可能性が考えられた。

放っておけば転倒事故や発作など、重大な事態も招きかねない。

事務室の扉を開け、大急ぎで廊下へ飛びだす。

すると足音が突然、ぴたりとやむ。

明かりの落ちた薄暗い廊下をどれだけ調べてみても、足音の主は見つからない。

こんなことが夜勤の合間に最低一回、多い時では一晩に三、四回ほどもあったのだという。

足音は決まって相方が巡回に出かけ、妙子さんが独りになると聞こえ始めた。確認のため廊下へ出ると、ぴたりと足音がやむのも毎回同じだった。

足音は割と早足でぺたぺたぺたと廊下の上を四方八方徘徊し、そのまま放っておくと今度は廊下の奥のほうへ向かって、再びぺたぺたぺたぺたと音をたてて消えていく。

ただし、足音が聞こえるのはあくまでも妙子さんだけ。日替わりで異なる相方全員を始め、他の職員たちはそんな足音など一度も聞いたことがないという。

なんとも妙な現象だとは思ったものの、それ以上の詮索《せんさく》はよした。

噂好きの若い職員たちから、さっそく根掘り葉掘り訊《き》かれたからである。

ただでさえ職場は、かつての廃墟《はいきょ》に絡めて何かと怪しい噂をしたがるムードが続いている。そんなくだらないことに花を添えるのは不本意だと、妙子さんは思った。

そもそも妙子さんにとっては、夜勤明けには忘れるぐらいのささいな現象に過ぎなかった。足音自体も特にこれといった実害があるわけでもない。業務に支障をきたすような案件でないのなら、取り立てて騒ぐようなことでは決してない。

そのように割りきり、妙子さんは足音に関する話題を一切やめた。

それから数週間ほどが過ぎた、ある深夜のことだった。

いつものように事務室の机に向かって書類仕事をしていると、もはやすっかり聞き慣れたあの複数の足音が、廊下にぺたぺたとにぎやかに響き渡った。

さして気にも留めることなく、そのまま机上の書類仕事に没頭する。

足音は事務室の扉を開けて廊下へ出るとぴたりと収まるが、実はそのまま放っておいてもそのうち勝手に立ち消える。これを数週間の経験のうち、妙子さんは知りえていた。

毎回、わざわざ廊下へ出るのも馬鹿馬鹿しかったので、この法則を知ってからは机の前で足音がやむのを黙ってやり過ごすようにしていた。厳密にはそれが足音なのかどうかすらも分からないのだが、とにかく黙って放っておけば、音はそのうち勝手に消える。

いちいち廊下へ出る手間を考えれば、無視するほうが格段に楽だったという。

その夜も足音たちは、ぺたぺたぺたぺたと廊下の上をしばらく徘徊し続けていた。

仕事をしながら耳に入ってくる足音をそれとなく聞いていると、やがて足音は徘徊をやめ、わずかな休憩に入ったようだった。

あとは廊下の奥へ消えていくだけ……。とりあえず今回はこれで終わりだな。

思いながら再び書類に目を落とすと、再び足音がぺたぺたと、廊下の上に響き始める。

さようなら。

心の中で妙子さんが独白した直後、足音の向きがいつもと違うことに気がついた。

足音は廊下の奥にではなく、こちらへ向かって近づいてきていた。

ぺたぺたぺた、ぺたぺたぺた。

湿った音をたてながら、足音は少しずつ妙子さんのいる事務室へと近づいてくる。

一瞬、あれ？　とは思ったが、元々大した関心もないため、かまわず仕事を続ける。

ぺたぺたぺた、ぺたぺたぺた。

足音が事務室の扉の前で、ぴたりと止まる。

本当になんなんだろう、この音は。

……ぺたぺたぺた。

一瞬の静寂のあと、再び足音が、今度は事務室の中で聞こえた。

さすがに不審を感じ、扉のほうへと振り返る。しかしやはり誰もいない。

ぺたぺた。

かぶりを振りつつ机に向き直ると、またしても足音が聞こえた。

ぺたぺたぺた。

湿った音がもう一度聞こえたあと、足音は妙子さんの背後で再びぴたりと止まった。

即座にうしろを振り返る。しかし、やはり何かがいるわけでもない。

やれやれと思い、ふと足元に目を落とした瞬間、妙子さんは悲鳴をあげた。

長い黒髪を滝のように垂らした女が、四《よ》つん這《ば》いになって妙子さんを見あげていた。

女は職員用のポロシャツにスラックスを穿《は》いていたが、泥土にまみれて薄汚れていた。

妙子さんの悲鳴に驚いたのか、女は弾《はじ》かれたようにぱっとうしろへ身を引いた。

ぺたぺたぺたぺた！　と湿った音が冷たい床の上に鳴り響く。毎晩廊下で聞こえる足音と
それは全く同じ音と、数だった。

手と足から同時に発せられる、二組の湿った音。

足音が複数ではなく、這いずる女ひとりのものだと、この時、妙子さんはようやく気づく。

だがそんなことに気がついたとしても、もはやなんの足しにもならなかった。

ぺたぺた、ぺたぺたと、湿った音を響かせて、再び女が妙子さんの足元へ這い寄ってくる。

脚の間へ突っこむようににじり寄ると、再び女が、妙子さんの顔をゆっくりと見あげる。

女の顔は蠟燭《ろうそく》のように生白く、青紫色の静脈が顔全体にいばらのように浮いていた。

女が妙子さんの目をまっすぐに見つめ、にいっと笑う。

よく見ると、女は妙子さん自身だった。

椅子から転げ落ちて床の上に倒れこむと、妙子さんはそのまま意識を失った。


一之瀬さんの話によれば、小学時代のあの体験を姉に話したことは一度もないのだという。

だがそれでも妙子さんは、時計工場跡地に新設されたグループホームで、自分自身を見た。

それも当時、一之瀬さんが見た中学時代の自分ではなく、成長した今現在の自分自身の姿を。

妙子さんからこの話を聞かされたあと、一之瀬さんはようやく当時の体験を姉に語った。

まもなく妙子さんはグループホームを退職し、現在は別のグループホームで働いている。

ちなみに妙子さん自身は、かつての時計工場に足を踏み入れたことなど一度もない。

だからどうしてあの土地に、もうひとりの妙子さんが徘徊しているのか――。

今でも理由が全く分からないのだという。


件のホームからはその後、女の幽霊が出るとの噂が聞こえてくるそうである。

西川君

知美《ともみ》さんが高校時代、同級生に西川憲明《にしかわのりあき》君という男子がいた。

物静かで口数も少ない生徒だったが、どことなく大人びた雰囲気の漂う男の子だった。

知美さんはひそかに西川君のことが好きだった。しかし人見知りな性格だった知美さんは、なかなか彼に声をかける勇気が持てず、気づけば卒業式を迎えていた。

とうとう何も言えなかった。西川君と会うことも、もうないのかもしれないな……。

うら悲しい気持ちになりながらも、彼の思い出にすがりつくように卒業アルバムを開く。いない。

アルバムに並ぶクラスメートの写真をどれだけ探しても、西川君の姿が見当たらない。

三年生では知美さんと西川君は同じクラスだった。だから写真が載っていないわけがない。

しかしどれだけ探しても、知美さんのクラスに西川君の写真は見つからなかった。

ひょっとしたら掲載ミスで別のクラスにまぎれこんでいるのでは……。

そんなことも思い、卒業生の写真をクラスごとにひとつひとつチェックしてもみた。

だが、それでもやはり西川君の写真は見つからない。

それでもあきらめきれず何度もアルバムを調べていくうち、あるクラスメートの顔写真にはたと目が留まった。

西川郁美《いくみ》という少女の写真である。

同じ女子だというのにまるで見覚えのない少女だった。しかし苗字《みょうじ》は西川君と同じである。それればかりか顔だちや雰囲気も、どことなく西川君に似ているものがあった。

頭が混乱した。何が起きているのか、あるいは起きたのか、全く理解できなかった。

一瞬、自分の勘違いかとも思ったが、そんなはずがあるわけもない。

三年間、自分はずっと西川君のことを見つめ続けてきたのだから。

端整な顔だちも、華奢な身体つきも、時折見せる朗らかな笑顔も、声も仕草も髪型も全部。

全部記憶に残っている。三年間抱き続けた、淡い恋心と一緒に。

激しい不安に駆られ、数少ない友人に電話をいれた。すぐさま西川君のことを尋ねてみる。

「西川君？　西川〝君〟って男の子じゃないんだからさあ。西川さんのことでしょう？」

電話にでた友人は呆《あき》れたような笑い声をあげた。

「違うの！　西川さんじゃなくて、西川君のことだよ！　覚えてない？　今だから言うけど、わたし西川君のこと好きだったの！　知ってるでしょ、西川君？」

わずかな沈黙のあと、それでもやはり友人は「ごめん、知らない」と答えた。

電話が終わると、知美さんはベッドに顔をうずめて泣きじゃくった。

大切な人がこの世から消えた。一瞬で消えた。それも思いもよらぬ理不尽な形で。

心にぽっかり穴が開いたような、凄《すさ》まじい喪失感に襲われた。

その後も何度も卒業アルバムを調べ返してみたが、結局、西川君の姿は見つからなかった。


月日は流れ、知美さんが成人式を迎えた日のこと。

高校の同窓会が開かれることになった。

会場の居酒屋に着いてテーブルにつくと、西川郁美さんの姿が目に入った。

遠目に横顔をじっと眺めてみると、やはりどことなく西川君の面影を感じる。

どうしようかとしばらく逡巡《しゅんじゅん》していたが、思いきって声をかけてみることにした。

どきどきしながら隣に座り、挨拶《あいさつ》をかわす。西川さんは物静かで口数も少ない人だったが、物腰はおだやかでやわらかく、人見知りな知美さんも落ち着いた雰囲気で話すことができた。

覚えたての酒をちびちびと酌み交わしながら言葉を重ね合っていると、だんだんと気安い話題も話せるようになってきた。

酒の勢いにも押され、意を決して西川君の話を向けてみる。

どうせ笑われるか、白けられるかのどちらかだろう。心の中では後悔しながら話を終えた知美さんに対し、だが西川さんはとても物憂げな表情を浮かべてみせた。

「わたしね、二卵性双生児だったの」

西川さんはそう言って、小さくこくりとうなずいた。

「だから多分ね、知美さんが見たのは、わたしのお兄ちゃんなんだと思う」

双子の兄は、西川さんが五歳の時に重い病を患い、亡くなっているのだという。

名を憲明といった。高校時代の西川君と同じ名前である。

「双子ってね、不思議なんだよ。片方が死んでも、ずっと気配を感じるの。だからわたしはお兄ちゃんがいなくなったあとも、ずっと一緒にいるような気がしてた」

きっと私の姿に重ねて、知美さんにはお兄ちゃんが見えてたんだね――。

そう言って西川さんは、目にうっすらと涙を浮かべて微笑んだ。

「ねえ、知美さんに見えてたお兄ちゃんって、どんな感じだった？　気配は感じるんだけど、わたしは見たことないの。聞かせて」

その後は高校時代の西川憲明君の思い出話に、西川さんとふたりで大輪の花を咲かせた。

こうして知美さんの恋は儚《はかな》くも終わりを告げてしまったが、代わりに彼女はこの夜、西川郁美さんという親友を手に入れることになった。

今でも時々、高校時代の西川君の思い出をふたりで楽しく語り合うのだという。

桜の君

久野《くの》さんが中学時代の話というから、もう三十年以上も昔の話である。

久野さんの自宅は、一級河川の川辺に建つ二階建ての一軒家である。自室は当時、川面《かわも》を眼下に見下ろす二階の一部屋が与えられていた。

対岸の堤防沿いには見事な桜並木が敷かれている。観光地ではないため人影はまばらだが、毎年春になると自室の窓から壮大な桜景色を一望することができるという。

彼女を初めて見たのは中学二年生の春だったと、久野さんは語る。

日曜日の午後。勉強机に向かって宿題をしている時だった。

おだやかな陽気に誘われ窓の外を眺めると、対岸に咲き誇る桜の中に彼女はいた。

淡い桜色の振袖に身を包んだ、可憐《かれん》な女性。

周囲の桜が霞《かす》んで見えるほど、それはとても綺麗《きれい》な女《ひと》だったという。

年の頃は二十代の初めほど。肌は抜けるように色白く、輪郭は飴《あめ》細工のように華奢《きゃしゃ》である。

長い黒髪は結わずにそのまま、ゆるやかな春風に煽《あお》られさわさわと斜めに少しなびいている。

腰に巻かれた若草色の袋帯と胸元からちらりと覗《のぞ》く半衿の白さが、遠目にもまぶしく麗《うるわ》しい。

彼女は桜の樹下に佇《たたず》んで、眼下に流れる川面の様子を静かに独り、見下ろしていた。

その姿がなんとも儚《はかな》げで美しく、久野さんは思わずはっとして息を呑んだのだという。

宿題も忘れ、鉛筆を握りしめたまま、しばらく呆然《ぼうぜん》と彼女を眺め続けた。

胸が高鳴り、呼吸が乱れ、そわそわと気分が落ち着かなかった。異性を強く意識したのはこの時が生まれて初めてだったと久野さんは語る。

そうして小一時間ほど夢見心地で彼女をひたすら眺め続けたのだという。それほどまでに彼女の美しさは凛《りん》として際立っており、久野さんの心をどこまでもとらえて離さなかった。

階下から母親の呼ぶ声が聞こえなければ、もっと眺めていたはずだった。頼まれた雑用を済ませて自室へ戻ると、すでに彼女の姿はどこにもなかったという。

それからも数日おきに彼女は桜の樹下に現われた。

帰宅して久野さんが自室へ戻ると、彼女はいつも対岸の同じ位置に、同じ姿で佇んでいた。

名も知らず、素性も境遇も知らない彼女だったが、そんな瑣末《さまつ》なことはどうでもよかった。

ただただ彼女の姿を見ていられる。息の詰まるような感覚にひたすら没頭することができる。

届かぬ想いを風に乗せ、時にはそっと語りかけることもできる。

好きです。好きです。大好きです――。

それだけで心は激しく高揚し、胸が高鳴った。

十四歳の春、桜景色に認めたそれは、まぎれもない久野さんの初恋だった。

自然、毎日自室へ戻るのがたまらなく待ち遠しいものとなる。

毎日、急ぎ足で自室へ駆け戻ると、無我夢中で彼女の姿にかじりついた。

雨の日や春風の激しく吹きすさぶ日を除き、大抵彼女はそこにいた。

階下から夕ご飯を告げる母親の呼び声が、いつも別れの合図だった。夕ご飯を食べ終えて自室へ戻ると彼女の姿は消えている。

すでに日も暮れ落ちる時間である。当然といえば当然だった。

どこに住んでいるのかと詮索《せんさく》したことは、不思議と一度もなかった。純真だったのである。同じく、じかに逢《あ》ってみようと動いたこともない。対岸に渡る橋が遠いということもある。川の向こうは学区外のため、知らぬ土地だということも確かに理由のひとつではある。

しかし本当の理由は、己自身の勇気にあった。彼女とじかに逢って接触するという行為が、中学生という多感な年代にあっては耐え難いほどに気恥ずかしく、恐ろしかったのである。

今のままがいちばんいい。これ以上は何も望んではいけない。はやる衝動に駆られるたび、久野さんは自分の心に固く言い聞かせながら、虫を抑えた。

また明日逢いましょう――。

階下へ下りる間際、そうつぶやいて窓を閉めるのが、しばらく儀式のように繰り返された。

彼女が姿を消したのは、桜も悉皆《しっかい》散り尽くす、四月もそろそろ終わる頃だった。

日毎《ひごと》、桜が散りゆくさまと等しく、彼女もまた、対岸に立つ日が徐々に減り始めてはいた。

なんだか嫌な予感はしていたが、的中した。やはりそうだったのかと久野さんは消沈した。心にぽっかり大きな穴が穿《うが》たれたようだった。何もかもが手につかなくなった。その後も一縷《いちる》の望みを託し、自室の窓から桜並木の端から端をひたすら必死に捜し続けた。けれども結局、緑に萌《も》える葉桜の真下に彼女が佇むことは、ついぞなかったのだという。

だから翌春の唐突な再会に、久野さんの心ははちきれんばかりに歓喜した。対岸の桜が満開になる頃、彼女は再び桜の樹下に現われた。日に日に開く桜の蕾《つぼみ》に仄《ほの》かな期待を寄せてはいたが、奇跡的な再会に涙がでるほどだった。その日から、来る日も来る日も彼女の全てを抱きしめるように凝望した。彼女が醸しだす何もかもを目に焼きつけようと心に誓い、双眼鏡まで買って穴が開くほど眺め続けた。

桜が散ればまた消える。そんな予感があったから。開け放たれた窓いっぱいに咲き乱れる桜並木の情景ごと、まるごと全てを記憶に残そうと、毎日ひたすら彼女の儚い美しさを愛《め》で続けた。

淡い桜色の振袖に、若草色の袋帯。胸元から覗く半衿と、両足をくるむ白足袋のまぶしさ。春風にさわさわとなびく黒く艶《あで》やかな下ろし髪。抜けるような白い肌。物憂げな瞳《ひとみ》。

逢えなくなる。逢えなくなると思うから、必死で全てを記憶した。逢えなくなる。逢えなくなると思うから、時折無性に涙がこぼれた。

そして桜も悉皆散り尽くす、四月もそろそろ終わる頃――。

果たして久野さんの予見どおり、彼女は再び岸から静かに姿を消した。


一年後の春。久野さんは中学を卒業し、高校入学を間近に控えた春休みを迎えていた。

その春、久野さんはようやく三年目にして決意を固めた。落第確実といわれた県内随一の進学校の受験合格に心酔し、気分が高揚していたせいもあるかもしれない。

彼女に逢って想いを伝えようと決心した。

年はそんなに離れていない。驚くほどの年の差はない。自分ももはや子供ではない。

だからこの恋はきっとかなう。今年からはふたり並んで、桜の下に佇もう。

自分が世界の中心にいて、この世の主人公であるかのような青臭い幻想。

今振り返ればなんの根拠もない。狭い了見だけで思い描いた子供じみた思いこみだという。

それでも当時、募る想いに久野さんの心はすでに爆発寸前だった。

四月初め。対岸の桜が徐々に蕾を開き始め、彼女が再び川岸に現われたのを認めたその日。

久野さんはすかさず自転車にまたがり、自宅の門戸を飛びだした。

三年目にして、対岸へ続く大橋をようやく渡る。かつては窓から眺めるだけの景色だった対岸の桜並木。今、その真っ只中《ま　ただなか》に自分がいる。

二年前の卑小な自分には、とても思い描けない、それは劇的な光景だった。

あの人に逢える。ようやく逢える。逢えるんだ。

ただただそれだけを想い、悠々と咲き誇る川辺の桜並木を一直線に駆け抜ける。

やがて川岸の向こうに久野さんの自宅が見え始めた。湧きあがる期待と興奮に胸が高鳴る。

そのまま夢中でペダルを漕《こ》ぎ続けていると、まもなく視界の前方に小さく、川面を眺める愛《いと》しい影が現われた。

ああ見えた。なんと想いを打ち明けよう。

激しい高揚に身悶《みもだ》えしつつ、さらにペダルを強く漕ぐ。

ぐんぐん距離が狭まるにつれ、彼女の輪郭がしだいにくっきりと久野さんの目に像を結ぶ。

儚げな横顔。初めて見る横顔。愛しい横顔。

ふいに彼女が小首をかしげ、ゆっくりとこちらを振り向いた。

春風に遊ばれ、長い黒髪がふわりと躍る。

まっすぐにペダルを漕ぐ久野さんの目と、彼女の目が、初めてひとつに絡み合う。

久野さんの顔を見るなり彼女は下まぶたをぷくりと膨らませ、たおやかな笑みを浮かべた。

初めて見る彼女の笑顔に、胸の鼓動が一層高鳴る。

久野さんもたまらず、満面の笑みを彼女に向けて差しだした。

ようやく彼女の元へとたどり着く。サドルから腰をあげ、息を弾ませ自転車を降りる。

きゅっと唾《つば》を呑み、彼女の目を見て何かを言おうとしかけた瞬間だった。

「もらうから」

微笑みながら彼女が言った。

そこで久野さんの記憶は、ぷつりと途切れている。


記憶の続きは、病院のベッドに横たわる自分自身の姿だった。

続いて意識を取り戻した息子の姿にむせび泣く両親と、失った両脚の感覚。

落雷でへし折れた桜の下敷きになったのだと、両親に聞かされた。

腰から下が完全にひしゃげ、二本の脚は切断を余儀なくされたのだとも聞かされた。

脚以外にも様々な障害が残る可能性があることも、嗚咽《おえつ》を押し殺す父から聞かされた。


その後、久野さんは高校進学をあきらめ、養護学校に入学した。

両脚の欠損以外にも左腕の慢性的な麻痺《まひ》と、言語障害がわずかに残った。

そろそろ五十路《いそじ》にも手が届く今もなお、久野さんは独身である。

「結局あれが、最初で最後の恋でした」

翌春から彼女の姿を見ることは、二度となかったという。

窓辺に映る対岸の桜並木を遠い目で見つめながら、久野さんは寂しそうに独りごちた。

桐島加奈江　壱

思えば発端は、集団無視だったのだと思う。

中学二年生の一学期。ある日を境に私は突然、クラス全体から集団無視の憂き目に遭った。原因らしい原因は未《いま》だに分からない。あれから二十年以上経っても分からないままである。恥をしのんで担任に相談したこともあったが、結局、有耶無耶《うやむや》にされて終わりだった。

思いきって両親に打ち明けようと考えたこともある。けれども当時、運送関係の自営業を営んでいた両親は、鬼気迫るほど多忙な日々を送っていた。毎晩遅くに帰宅し、疲れた顔で黙々と夕飯をかきこむ両親の姿を見ると、言葉が詰まった。

だから結局、私はひとりでひたすら耐えしのぶ道を選んだ。

当時の私の趣味は、熱帯魚の飼育だった。六畳敷きの手狭な自室には大小様々なサイズの水槽がひしめくように立ち並び、さながら小さな水族館のようだった。

誰からも相手にされない悪夢のような一日が終わり、ようやくの思いで自室へ戻ったあと、私の心の拠《よ》り所となったのは、物言わぬ熱帯魚たちだけだった。募る孤独と不安を少しでもまぎらわすため、魚たちに名前をつけて語りかけ、毎晩遅くまで眺め続けた。

集団無視が始まっておよそひと月。五月の初めぐらいだったと思う。

日中、自室でぼんやり水槽を眺めていると、いつのまにか私の隣に少女が座っていた。

髪が長く、色の白い、美しい少女だった。年は私と同じくらいである。

シャガールの『青いサーカス』がプリントされた白いTシャツに、花柄のロングスカート。

足には三つ折りにたたんだ白いソックスを履いていた。

目が合うと、少女はくすりと笑って「かわいい熱帯魚だね」と、私に語りかけた。

ありがとう、と私は礼を述べる。

同年代の他人と言葉を交わすのは久しぶりのことだった。魚を褒められたうれしさよりも
私はむしろ、そちらのほうにいたく感激した。

「君は誰なの？」と尋ねてみる。

彼女は涼しげな笑みを浮かべつつ、「桐島加奈江《きりしまかなえ》」と答えた。

その後、しばらくふたりで熱帯魚を眺めながら話をした。

どこから来たの？　と尋ねると、「どこでもないところかな」と加奈江は答えた。

熱帯魚好きなの？　と尋ねると、「あたしもいっぱい飼ってる」と笑った。

何を飼ってるの？　と尋ねると、「かわいいのをいっぱい飼ってる」と答える。

何をしに来たの？　と尋ねると、「友達にならない？」と、逆に訊《き》き返された。

友達、という言葉に、思わず胸が熱くなる。

「いいよ」と応《こた》えると、

「じゃあ今日から友達ね」

加奈江は右手の小指を私の前に差しだした。

指きりをする。加奈江の小指はひんやりと冷たかったが、感触はとても暖かかった。

極彩色の熱帯魚が群泳する水槽を前に、私たちは小指を絡ませ、微笑み合った。

加奈江と話していると何もかもが満たされて、とてもおだやかな気持ちになる自分がいた。

しばらくふたりで笑い合っていると、ふいに視界が真っ暗になった。続いてひどい倦怠感《けんたいかん》。

顔をしかめて目を開けると、自室の布団の中に私はいた。

時計を見れば朝の七時半。ぼやけた頭でつらつら記憶をたどっていくと、確かに昨夜遅く、水槽の電気を全て消し終え、布団に入った自分を思いだす。

それでようやく今まで、自分が夢を見ていたのだと気がついた。

けれども恐ろしく現実感のある夢だった。たとえば夢の中で「これは夢だ」と言われても、即座に「嘘だ」と否定してしまえるような、ひたすら生々しく写実的な夢である。

加奈江と交わした会話の内容をほとんど詳細に覚えていた。

同じく加奈江の顔も容姿も細かく記憶に残っている。夢ならば、目覚めと同時に少しずつ立ち消えていくはずの記憶が、少しも消える気配がない。

布団から起きあがり、制服に着がえ始めても加奈江の記憶は頭から一向に離れなかった。なんだかひどくがっかりした。刑務所を飛びだした瞬間、引き戻されたような気分だった。あんな夢など見なければよかったのに、と思った。

学校に行くのが、いつもよりもとびきり憂鬱《ゆううつ》に感じられた。

しかしその晩、私は夢の中で再び加奈江と出会った。やはり恐ろしく現実的な夢だった。

夢の中で、私は加奈江とふたりで熱帯魚屋を冷やかしていた。当時、私が通いつけていた隣町の小さな熱帯魚屋である。

手狭な店内に所狭しと立ち並ぶ水槽を眺め歩きながら、加奈江にいろいろ訊《き》いてみた。

これは夢なの？　と尋ねると、「夢じゃないよ」とあっさり否定された。

君は何者なの？　と尋ねると、「桐島加奈江です。中二です」とおどけてみせる。

明日も会える？　と尋ねると、「毎日会えるよ」と加奈江は優しい顔で微笑んだ。

「そうだ。今度ね、友達に紹介したい」

「友達？　どんな友達？」

「熱帯魚が好きな友達。いっぱいいるよ。クラブみたいなの作ってるの。参加しない？」

うんいいよ、と応えると、加奈江は「やった！」と言って私の手を握った。

「じゃあ明日ね！」

二日目はそこで目が覚めた。

眠い目をしばたたかせながら布団を抜けだし、制服に着がえる。また悪夢のような一日が始まるのかと思うとひたすら気が重かったが、加奈江の言葉を信じてどうにか立て直した。

加奈江が夢でも現《うつつ》でも、なんでもよかった。心を許せる存在が、当時の私には必要だった。


学校へ行けば、相変わらずの孤立無援である。教室に私の姿はあっても、私という存在は影すらも認めてもらえなかった。憤りや憎しみよりもむしろ、激しい寂寥感《せきりょうかん》に苛《さいな》まれる。

ノートに加奈江の顔を描いたりしながら、私は授業が終わるのをじりじりと待ち侘《わ》びた。

帰宅後、日暮れと同時に早々と布団に入る。

はたと気がつけば、もうすでに夢の中にいた。

その日はフローリング張りの小奇麗な部屋に座っていた。十畳ほどの広さの室内には私の自室と同じく、大小様々なサイズの水槽が、四方の壁に沿ってずらりと立ち並んでいる。

部屋には加奈江と、見知らぬ少年少女が五、六人ほど座って私を見ていた。年代はみんな、私と同じくらいである。すぐに昨夜、加奈江が紹介したいと言っていた友達だと察する。

加奈江の口からみんなに紹介されると、彼らは喜んで私を迎え入れてくれた。

その後、部屋の水槽を眺めながらみんなであれこれと魚の話に花を咲かせた。こんなにも大勢の同年代の子たちと話をするのは本当に久しぶりだったので、私はとても興奮した。

部屋は加奈江の自室だった。友人、魚、趣味の話。欲しいものと好きなものが全て揃ったこの部屋は、私にとってとても居心地のよい場所だった。

加奈江に紹介された面々は、誰も私を無視したりしなかった。話せば言葉が返ってきたし、明るい笑顔も返してくれた。加奈江も私にとても親切にしてくれた。

ずっとここにこうしていたい……。ずたずたになった心が悲鳴をあげるように希《こいねが》った。

夢はその日も唐突に終わった。

目覚めて学校へ行くと夢とのギャップがあまりにひどく、私はその日、トイレで嘔吐《おうと》した。

〝見えない〟存在として周囲から扱われるこの現実こそが、むしろ夢の中にいるようだった。

三日続けて幸福な夢を見続けると、夢こそ現実なのではないかという錯覚にも陥った。

それほどまでに現実はひたすら過酷で、夢はどこまでも優しく、安らぎに満たされていた。


その後もずっと夢を見続けた。

夢は常に現在進行形で、クラブの友人たちとの親交も日に日に深まっていった。みんなで行きつけの熱帯魚屋を覗《のぞ》いたり、飼っている魚を交換したり、店で食事をしたりもした。

映画も観た。水族館にも行った。船にも乗った。夢だから、子供たちだけで泊まりがけの旅行に出かけたこともある。

その傍らではいつも加奈江が、朗らかな笑みを私に差し向けてくれた。

小鹿のようにつぶらで黒目がちな目が、とても印象的な少女だった。それが微笑む時にまぶたを細めると、目の中が黒い瞳《ひとみ》できらきらといっぱいに溢《あふ》れ返る。それがなんだか黒い真珠のように思えて美しく、私は加奈江の笑う顔が大好きだった。

長く艶《つや》やかな黒髪に、色白の細面。服装はいつもTシャツに、花柄模様のロングスカート。一見すると、しとやかそうな外見に似合わず、加奈江は明るく、飄々とした性格の持ち主で、いつもくだらない冗談を言っては快活に笑う娘《こ》だった。

現実で笑う機会の全くなかった私も、つられて一緒によく笑った。

ふたりで笑い合っていると浮世の厭《いや》なことなど、何もかも忘れることができた。

どこまでも底抜けに優しく明るく美しい加奈江を、私はしだいに好きになっていった。

夜の時間だけでは飽き足らないので、授業中や休み時間も眠れるだけ眠った。幸い眠れば昼も夜も関係なく、夢は見ることができた。

おかげで学校で過ごす時間も少しだけ楽なものになった。

ただ、そんなことを続けていると、夢と現の境界はますます不確かなものになっていった。

夢の中の記憶を現実のそれと誤認して、家族との会話が行き違うこともままあった。

まずいという自覚はあった。けれども私は、それでも一向にかまわなかった。

そんなことよりも、加奈江と過ごす時間のほうがはるかに大事だった。

孤立無援の私にとっては夢の中こそ現実で、現実こそが悪夢だった。

夢を見始めてからふた月ほどが過ぎ、やがて一学期が終わった。

夏休みは来る日も来る日も寝てばかりいた。どんなに暑い昼日中でもかまわず眠り続けた。加奈江たちと過ごすめくるめく日常を謳歌《おうか》するため、私はひたすら惰眠《だみん》をむさぼった。眠れば夢の中もまた、夏休みである。

元より加奈江たちと過ごす日常に学校など存在しなかったが、加奈江たちも夏休みだった。

「夏休みだし、アルバイトでもしない？」

ある日、加奈江が唐突にそんなことを言いだした。

どこで？　と尋ねると、「熱帯魚屋さん。一緒にやらない？」と加奈江は笑った。

中学生がアルバイトなどできるはずもないのだが、夢の中の話である。なんの問題もなく、私と加奈江は熱帯魚屋でアルバイトを始めた。

店は私がなじみにしている隣町の熱帯魚屋である。店の親父にあれこれ指図を受けながら私たちは毎日楽しく、熱帯魚の世話やら販売やらに勤《いそ》しんだ。

店には時折、クラブの友人たちも顔を覗かせたが、基本は加奈江とふたりきりである。

加奈江とふたりで過ごす夏休みは、安寧《あんねい》と愉楽《ゆらく》に満ち足りた、とても幸せな毎日だった。

来る日も来る日も、熱帯魚屋で働いた。

寝るまも惜しむとは反対に、起きるまも惜しんで、ひたすら夢の中で加奈江とたわむれた。

あまり寝てばかりいたので、母親に怒られたこともある。しかし私は意にも介さなかった。起きていては加奈江に会うことができない。今日は店にアジアアロワナが入荷するのだと、加奈江が息巻いていた。早く眠って手伝いに行かなければならない。

だらだらと無駄に覚醒《かくせい》しているのが馬鹿馬鹿しく、私は死体のように眠り続けた。

一日の大半は眠っていたと思う。

食事と風呂、熱帯魚の世話をする時間だけ布団から抜けだし、あとは眠ることに専念した。あまりに寝過ぎてどうしても眠れない時には、祖父のウィスキーと睡眠導入剤をくすねて、無理やり眠りに落ちることもあった。

日に日に食欲もなくなり、身体も衰弱していくようだったが、別になんとも思わなかった。そんなことより加奈江に会いたかった。夢へと戻れば、身体も気分も爽快《そうかい》だった。


半死人のような夏休みを、半分ほど過ごした頃である。

わずかな覚醒時間に魚の世話をしていると、エサがそろそろ切れそうなことに気がついた。いつもは母の車に乗せられ、行きつけの熱帯魚屋に連れていってもらうのだが、母に頼むと忙しいからしばらく無理だと返された。

どうしようかと思っていた矢先、母が小遣いをくれた。しばらく家にこもってばかりだし、たまには外の空気を吸ってきなさいと言う。

熱帯魚屋は最寄りの駅から三駅ばかり離れた市街にある。ふらつく身体でこの暑い中、電車に揺られたあげく、歩いて店まで行くのはたまらなく億劫《おっくう》に感じられた。

私が暗い顔でうつむいていると、母は「駅までだったら乗せてってあげるから」と微笑み、半ば強引に私を車に押しこんだ。

悄然《しょうぜん》たる気持ちのまま駅前に降ろされ、仕方なく電車に乗った。夏休みの昼日中とはいえ、田舎のさびれたローカル線である。電車の中はがらがらで、ほとんど貸し切り状態だった。

窓を開けると涼やかな風が顔を撫《な》でつけ、心地よかった。久々に肌身へ受ける外気だった。

三十分ほどで市街の駅へ着いた。店は駅前の商店街を突っきり、住宅地を抜けたさらに奥。歩いて二十分ほどの距離にある。

外はひどく暑かったが、久しぶりに街中をひとりで歩いたせいか、気分が少し浮き立った。暑さも慣れてしまえば大して気にならず、足どりも自然と軽やかになっていった。

なじみの熱帯魚屋の玄関をくぐると、店の親父に「しばらくぶりだね」と笑いかけられた。そのひと言で夢を見始めて以来、現実の熱帯魚屋を訪れるのが初めてだと、ようやく気づく。夢の中で加奈江と毎日働いている店なので、記憶がすっかりごっちゃになっていたのである。

軽い混乱を覚えながらも「しばらくぶりです」と、頭をさげる。

店の親父とは夢の中で毎日顔を合わせ、あれやこれやと語り合ったりする関係だったので、なんともいえず妙な気分になった。

エサだけ買えば用は済むのだが、せっかく来たのだから売り場の水槽も覗いてみたかった。夢の中で毎日世話をしている店内の水槽を一本一本、眺めて回る。

店内の水槽を泳ぐ魚たちは、夢の中で泳ぐそれとは、品揃えが全く異なっていた。同じく、親父も「しばらくぶりだね」と言うくらいだから、夢の中で会っている親父とは別人なのだと認識する。

脳の表面に薄皮のように貼りついていた〝虚構の現実〟が、びりびりと少しずつ剝《は》がれていくような感覚を、私はひしひしと覚えた。

店の親父は大層気のいい人で、中学生の私にも懇切丁寧に飼育のイロハを教えてくれたり、たくさん買うと割引きやおまけなどもしてくれる人だった。この日も自家繁殖させたというディスカスの幼魚をほとんどタダ同然の値段で譲ってくれた。

「またなんかあったらよろしくね。気軽に遊びにおいで」

帰り際、親父にかけられた何気ないひと言に、思わずはっとなって胸が震えた。

店を出て狭い路地を歩き始めると、気持ちがとても楽になっている自分に気がつく。

現実もなかなか捨てたものではないのだな、などと久々に実感する自分がいた。

外は相変わらずの炎暑だったが、颯々《さっさつ》とした気分で駅へと向かい、細狭い路地を歩く。

帰ったら母にディスカスを見せびらかそう。それから何か少し、話でもしてみよう。

そんなことを思いながらブロック塀に囲まれた角を一本曲がり、住宅街の路上に出ると、加奈江がいた。

私の二十メートルほど前方、一軒の住宅の門口からちょうど出てきたところだった。

一瞬、他人の空似ではないかと思ったが、そうではなかった。

長い黒髪の合間に覗く色の白い横顔は、夢の中ですっかり見慣れた加奈江そのものである。背にナップザックを背負《しょ》っている。バイトに出向く際、いつも背負っているザックである。色も形もすっかり同じものだった。

身体がわずかに、こちらへ向きを変える。

白いTシャツの正面にはシャガールの『青いサーカス』がしっかりとプリントされていた。視線を下げれば、下は花柄のロングスカート。足元には三つ折りにたたんだ白いソックスに、クリーム色のスニーカーを履いている。

その姿の何もかもが、桐島加奈江そのものだった。

ただし今は夢の中ではない。だから目の前に加奈江がいるなど、ありえるはずがない。

時間にすれば、おそらくほんの一瞬だったのだと思う。だがその一瞬、私は大いに迷った。声をかけるか、かけざるべきか……。理屈ではなく、私の中の防衛本能のようなものが、心にがっちりとブレーキをかけてしまった。

もしも加奈江が、この世に実在する少女なら――。

あるいはそれは、とてもすばらしいことなのかもしれない。夢ではなく、同じ日常の中で加奈江と一緒に過ごすことができれば、孤独な毎日から本当の意味で救われそうな気もした。

ただ、その一方で私の心は激しい警報を発してもいた。

接触すれば自分の中の何かが変わる。変えられてしまう。取り返しのつかないことになる。初めて現世でまみえる加奈江の風姿に、そんな危うさをなぜか切々と感じた。

先刻の熱帯魚屋の一幕を思いだす。もう何週間も加奈江とふたりで働いていたというのに、親父はそのことを全く知らなかった。

当たり前である。夢なのだから。嘘なのだから。現実ではないのだから。

この数ヶ月、自分の身に起きた現象がどれほど異様なことなのか、ようやく私は理解した。同時に今、目の前にいるこの少女がどれだけ異常な存在であるのかも、瞬時に了解できた。

動揺しながらその場に石のように固まっていると、ふいに加奈江が顔をあげた。

目が合ったとたん、加奈江は私の顔を見て、にいっと笑った。

黒い真珠を連想させる、あの黒目がちな笑みではなかった。

加奈江の両目は、皿のように大きくかっと見開かれ、口は両耳の付け根にまで達するほど、真一文字にばっくりと裂けていた。

水を浴びせられたようにぞっとした。反射的に足が数歩、突かれたように退く。

加奈江の足がのろのろと、私へ向かって進み始める。

足の動きが少しずつ速くなる。同時に足音が大きく、鋭いものへと変わり始める。

加奈江がこちらへ向かってまっすぐ駆けだしてきたのが分かった瞬間、私は悲鳴をあげて踵《きびす》を返すと、狭い路地を死に物狂いで逃げだした。

路地から路地を何度も何度も滅茶苦茶に曲がり、必死になって加奈江をまいた。

しばらくの間、背後でスニーカーがアスファルトを蹴りあげる乾いた音が聞こえていたが、走り疲れて足を止め、恐る恐る振り返る頃には、もう加奈江の姿はどこにもなかった。


その晩は眠るのが恐ろしく、明け方近くまで起きていた。

部屋の隅でうずくまり、がたがた震えながら私は泣いた。

激しい恐怖と一緒に、とてつもなく大きな喪失感にも苛《さいな》まれ、声をあげて泣き続けた。

昨夜まで大好きだった加奈江が、記憶の中で恐ろしいものに変容していくのが悲しかった。

同じく、これまで加奈江と過ごした思い出の全てがひたすらおぞましく、異様なものへと変貌《へんぼう》していくのが、身を引き裂かれるほどつらかった。

加奈江にもう一度会いたかったけれど、会いたくもなかった。

夢の中でも昼間と同じように追いかけられたら。そんなことを考えると眠るのが怖かった。

ごめん、加奈江。本当にごめん。もう会えない。許してください。本当にごめん……。

心の中で何度も何度も加奈江に謝り、私は一晩中泣き明かした。

明け方近く、事切れるようにして眠りに落ちた。加奈江は夢に現われなかった。

夢すらも見ず、私はおよそ三ヶ月ぶりに、本来あるべき正常な睡眠をむさぼった。

この日以来、夢の中の〝虚構生活〟は潰《つい》え、夢に加奈江が現われることもなくなった。


桐島加奈江という少女の素性に関しては、未だに何も分からない。

その後、加奈江の出てきた住宅の様子を遠巻きにうかがってみたこともあるが、加奈江が姿を現わすことは二度となかった。ちなみにこの住宅は、夢の中に存在した加奈江の家とは、場所も造りも全くの別物である。

単なる私の妄想の産物であると言われればそうかもしれないし、そのように考えたほうが、私自身も気持ちがはるかに楽である。

ただ、妄想が現実を侵食するさまを垣間見《かいまみ》た、この中学二年の夏の日。

もう二度とないと思っていたこの〝侵食〟は、時を隔てたある時を境に再び始まり、以後、私の人生を延々と蝕《むしば》み続けることになる。

その全容を、次よりつづる。

桐島加奈江　弐

二十代前半。私がまだ、拝み屋を始める前のことである。

当時、私はあるサービス業のチェーン店でアルバイトをしていた。美術専門学校を卒業後、就職が決まらなかった私は、アルバイト生活をしながらイラストレーターを目指し、地道に創作活動をしていくつもりだった。

ところが勤め始めた職場は、今でいうところのブラック企業というやつだった。

長くなるのでくわしいいきさつは端折《はしょ》るが、バイト開始から一年ほどで店長が店を辞め、代わりに私が店長代理をやらされた。待遇は変わらず、そのまま時給制のバイトという形で。

連日、本分である接客業務の合間を縫うようにして、わけの分からない書類仕事をこなし、シフトの作成や売り上げの管理まで、本来は店長がすべき仕事を何もかもやらされた。

本部にも何度か打診したが、店の売り上げが悪いため、新しい店長を雇う余裕などないと、けんもほろろに突っぱねられた。ちなみに店長どころか、店には正社員すらいなかった。

代わりに本部が差し向けたのが、隣町の別店舗で店長を務める、鬼頭《きとう》という名の女である。定期的に彼女を視察へ向かわせるので、彼女の判断を仰げというのが本部からの指示だった。

ところがこの女がとんでもない曲者《くせもの》だった。

売り上げに関する嫌味《いやみ》を皮切りに、書類仕事も満足にできない、文章もまともに書けない、あげくの果ては「最終学歴は幼稚園か？」「お前の顔は原始人みたいだ」などということを平然とのたまう。鬼頭というのは概《おおむ》ねそのような人格の女だった。

鬼頭が来店時に床掃除をしていれば「カウンターにいろ、馬鹿！」と怒鳴りつけられたし、カウンター仕事をしていれば「掃除をしろ、馬鹿！」と脛《すね》を蹴《け》飛《と》ばされた。

今でいうところのパワハラというやつをだいぶかまされたのである。

耐えきれずに退職を願いでたこともあるが、「無責任なことを言うな」と悪《あ》し様《ざま》に罵《ののし》られ、強引に引き止められた。今振り返れば無視して辞めてしまえばよかったのだが、当時は若く、世間のこともよく知らなかったため、鬼頭の命令どおり、私は黙々と仕事を続けた。

店は朝昼晩の三交代制でシフトが組まれていたが、欠勤やシフトの交換が異様に多かった。従業員は私を含め、全員がアルバイト。しかも学生が多かったことに起因する。

試験期間や祝祭日には平然と休みを入れられ、遅刻や無断欠勤も当たり前。バイト経験がいちばん長く年長でもあった私が、おのずと彼らの穴を埋めさせられる羽目になった。

朝九時に出勤して、店が閉まる深夜一時過ぎまで働きづめというのがザラだった。休日も欠勤したバイトの代わりに出勤させられることが多く、身体を休める暇すらもない。もはや片手間で絵を描くどころではなくなってしまっていた。

鬼頭に従業員を増やしてほしいと嘆願しても、「それなら結果をだせ、この給料泥棒！」などと怒鳴られて終わりだった。

一年ほど頑張ったところで身心ともにほとほと疲れ果て、とうとう私は限界を迎えた。そろそろ暮れも押し迫る、寒い時期だった。

ある朝起きると、無性に死にたいと思う自分がいた。

この日も開店から閉店の時間までシフトを組まされていた。のみならず午後からは鬼頭も店にやってくる。想像しただけで気持ちが鬱々《うつうつ》と沈んでいくのがありありとうかがえた。

布団から抜けだすと、もはや仕事に行く気など微塵《みじん》もなくなっていた。

今日限りでおさらば。店からもこの世からもいなくなってやろうと決心した。

死ぬなら飛び降り自殺がいいと思った。派手派手しく、手っ取り早く、それでいて最も確実な手段である。

思い立つとだらだらしているのも嫌だったので、すぐに着がえて部屋を出た。

玄関で靴を履いていると、母が弁当をよこした。今日も私が出勤すると思っているからだ。目も合わせずに弁当を受け取り、「いってきます」とだけ言って車に乗りこんだ。

田舎住まいなので投身できそうなビルがあるのは、車で三十分ほど走った市街にしかない。七階建てのデパートがいちばん手っ取り早いと思ったので、迷わずそこへ向かった。

ひと気のない屋上の駐車場まで乗りつけると、車の中で遺書を書いた。

書き終えると、迷わず屋上の鉄柵《てっさく》へと向かう。

高さ一メートルほどの簡素な作りの柵だったので、乗り越えるのはたやすかった。

柵を越えてビルの縁へと佇立《ちょりつ》する。うしろ手に柵をつかみながら眼下を見やると、路上を行き交う人も車もずいぶんと小さく、ちっぽけなものに見えた。

同じく、自分自身もちっぽけな存在だったのだな、とも思う。

屋上に吹きすさぶ強風は、骨身に沁みるほど冷たかった。黙って風に身をさらしていると耐え難いほどの寒さを感じ、早く楽になりたいという衝動がますます高まった。

落下の巻き添えをださないようにと、着地点と見定めた歩道付近を丹念に目で調べる。

路上を行き交う人影はまばらで、覚悟が決まればいつでも飛べそうな雰囲気だった。

意を決して鉄柵をつかむ手の力をゆるめ始める。続いて少しだけ前傾姿勢になる。

あとはこのまま手を離せば、三十メートルほど真下の路上に打ちつけられて終わりである。

ざまあみろ。

そんなことを思いながら手を離しかけたちょうどその時、歩道を歩く人影が目に入った。

決心が鈍る。早く行け。

焦れながら通り過ぎるのを待っていると、ふいにその足が、私の真下でぴたりと止まった。

続いて人影が、こちらをゆっくりと見あげる。

互いの目が合う。互いが互いを認識し合う。とたんに私の身体が、総毛立つ。

加奈江だった。

遠目にも、それははっきりと分かった。

長い黒髪に白いTシャツ、花柄のロングスカート。そして顔。忘れもしないあの顔。極彩色の熱帯魚が舞い泳ぐ自室の水槽前。笑顔で指きりを交わした当時の〝嘘の記憶〟が、頭の奥から染みだすように蘇《よみがえ》る。

加奈江は地上から私の顔をまっすぐ見あげ、にこにこと笑っていた。黒い真珠を思わせる、あの黒目がちな目がきらきらと、はるか地上で輝いているのが、この高さからもはっきりと見える。

続いて加奈江は右手をまっすぐこちらへ伸ばすと、おいでおいでと手を振り始めた。

人違いだと思いたかったが、思わせてくれなかった。

こちらは外套《がいとう》を着こんでいてもまだ寒いというのに、地上からこちらを見あげるこの女は、Tシャツに薄手のロングスカートというでたちである。

真冬の寒空の下、あんな格好で外をうろついている人間など、いるはずもない。

悲鳴をあげながら振り返り、無我夢中で鉄柵を飛び越えた。駆け足で車へ戻り、大急ぎでエンジンをかける。

あいつに捕まる。そんな気がしたのである。

死ぬのは別にかまわない。むしろ死にたくてしょうがない。でもあいつと一緒は嫌だった。

一刻も早くこの場から逃げなくてはと思い、車を急発進させた。

屋上から地上へと連なるらせん状のスロープを下っていけば、先ほど加奈江が立っていた歩道の前へとぶち当たる。すれ違う可能性は十分に考えられたが、停車した車へ向こうから出向かれるよりははるかにマシだった。

進退窮まる思いでスロープを慎重に下り始める。

ハンドルを握りながら様々な疑問が次々と頭の中を駆け巡った。

およそ七年ぶりの再会だった。だが、なぜ今頃になって、私の前に加奈江が現われるのか。

中学二年の夏休み、市街の住宅地で遭遇してからしばらくの間はその存在に怯《おび》え続けていた。しかし、長じたのちにはあいつのことなど、今の今まですっかり忘れていたのである。

遠目にした限りでは、加奈江の容姿は当時と何ひとつ変わるところがなかった。

中学生のまま成長しない女など、聞いたこともない。そんな人間など、いるはずもない。

あの女は一体何者なのか。

考えても考えても、答えらしい答えは何ひとつ浮かんでこなかった。

代わりに加奈江のことを考えていると、あの中学二年の夏、加奈江と過ごした満ち足りた日々が次々と脳裏に再生され始め、少しだけ甘ずっぱい気持ちになっていく自分がいた。

あいつと一緒は嫌だ。つい最前まで忌避《きひ》していた気持ちが、わずかにぐらつき始める。

加奈江とまた、一緒にいられたらどうだろう。代わりにそんなことを考え始める。

思えばあの頃、加奈江にはずいぶんと助けてもらった。つらい毎日を忘れさせてもらった。

今度も。今度も加奈江は、忘れさせてくれるのではないか。

このろくでもない毎日から逃れるため、再び手を差し伸べてくれるのではないか。

己の生死の問題が、いつのまにかだんだんと夢と現《うつつ》の問題にすり替わり始めた頃だった。

スロープを半分ほど下った曲がり角付近で、再び加奈江とばったり出くわした。

思ったとおり、やはり上ってきていた。

加奈江はスロープの端をこちらへ向かってゆっくりと歩き、私の顔を見つめて笑っていた。

腰まで伸びた長い黒髪に、色白の細面。シャガールの『青いサーカス』がプリントされた白いTシャツに、花柄のロングスカート。

足元をちらりと見やれば、三つ折りにたたんだ白いソックスにクリーム色のスニーカーも、しっかりと履いている。

やはり間違いなく加奈江だった。

しかし先ほど屋上から見た加奈江でも、あの当時、夢の中で過ごした加奈江でもなかった。

目の前をこちらへ向かってまっすぐ歩いてくる加奈江は、両目を皿のようにかっと大きく見開き、真一文字にばっくり裂けた口を笑わせている。

忘れもしない。あの夏の日、住宅街で遭遇した、壊れた桐島加奈江の顔だった。

とたんに正気へ立ち返る。甘美でその実、忌まわしい記憶もたちどころに霧散した。

悲鳴をあげながら加奈江の真横を猛スピードで通り過ぎる。すれ違う間際、加奈江の口がぱくぱくと動き、何かを喋《しゃべ》っているのが目に入ったが、声は私の耳には届かなかった。


その後、市街地を全速力で抜けだし、十キロほど離れた地元のコンビニに車を停めた。

すっかり頭が混乱し、何も考えることができなくなっていた。

頭の中に浮かんでくるのは先ほど目撃した加奈江の姿。それから七年前、住宅街の路上で追いかけられた時の、あの得体の知れない凄まじい恐怖である。

おぞましい記憶が頭の中でなんべんも繰り返し再生されては、私の皮膚を粟立《あわだ》たせた。

そうしてしばらくの間、打ちひしがれたようにシートにもたれかかっていたのだが、そのうちふいに腹が鳴った。

時計を見れば、すでに昼を過ぎる時間である。腹が減るのも道理だと思った。

死にたいと考える奴でも一人前に腹は減るのか。

そんなことを考えると少しおかしかった。張りつめていた気持ちが少しほぐれる。

コンビニで何か買って食おうと思いかけたところへ、助手席に置かれた弁当が目に入った。

出がけに母がよこした手製の弁当である。

中を開けてみると、真っ赤なウィンナーに玉子焼き、短冊状に切られたハンバーグなどがぎっしりと詰まっていた。みんな小さい頃からの私の大好物である。

つい今朝がた、私に弁当を手渡した時、まさかこれが息子に作る最後の弁当になるなどと、母はきっと夢にも思っていなかったことだろう。

玉子焼きをほおばりながらそんなことを考えていると、涙がぼろぼろとこぼれてきた。

やっぱり生きよう。

思い直すとすぐさま鬼頭に電話をかけ、私はその日限りで仕事を辞めた。

余談になるが、この件からおよそ半年後、私は拝み屋という生業《なりわい》を始めることになる。

拝み屋を始めようと考えた動機についてはまた別の機会に譲るが、今振り返ると加奈江に対するなんらかの対抗手段を、私は無意識のうちに欲していたせいもあるのかもしれない。

ただそれも、のちになんの役にも立たないものだと思い知らされることになるのだが――。

桐島加奈江　参

拝み屋を始めて八年目。今から四年ほど前の話である。

妻との交際を始めた、翌年の正月だった。

暮れに眼鏡のレンズを片方紛失してしまい、新年早々、私は眼鏡屋に出向くことになった。

地元のショッピングセンターにテナントをだしている店がいちばん安いと聞いていたので、たまさか実家に泊まりにきていた妻を連れ、朝いちばんで店へと向かった。

ところが行きの車中で妻と口論になった。今となってはくわしい内容も覚えていないため、理由もきっかけも実につまらないものなのだと思う。

駐車場に車を停める頃には、すっかり険悪なムードができあがっていた。

ぶすっとしながら車を降りると、眼鏡屋を目指してずかずかと歩きだす。妻が私の背中にぴたりと貼りつき、あとをついてくるが、無視して店へ向かって突き進んだ。

妻はきっと仲直りがしたいのだと察してはいた。だが、それでも腹の虫の治まらない私は、妻を無視してひとりでさっさと眼鏡屋に入った。

店に入ってレンズの注文を終えると、いつのまにか妻の姿が見えなくなっていた。

大方、ひとりで店内をふらついているのだろうと思い、私もかまわず店内の散策を始める。初売りのため、店の中は普段よりも大勢の客でごった返していた。家族連れも多かったが、カップルで来店している客もそこかしこに散見される。

楽しそうに歩くカップルの姿を見ていると、そのうちだんだん胸が痛んできた。

新年早々、嫌な思いをさせられたが、それは妻だって同じことだろうと思った。

店内にはフードコートもあった。何か好きな物でも食べさせながら仲直りしようと考える。

上着から携帯電話をとりだし、妻の番号をコールした。

電話を耳に当て、妻がでるのを待ちながら眼前の人ごみを漫然と眺める。

両脇に雑多なショップが軒を連ねる店内のメイン通路は客の往来が激しく、前もうしろもほとんど見えない状態である。なかなかつながらない電話に少し心配になり始めたところで、人ごみを見渡す私の目が、ぴたりと止まった。

コートや厚手のジャンパーを着こんだ人の波に交じって、白いTシャツが目に入ったのだ。

なんともいえぬ嫌な予感を覚え、Tシャツに向かってそっと目を凝らす。

シャガールの『青いサーカス』がプリントされていた。

そのまま視線を下げると、花柄のロングスカートが人ごみの中にちらついて見える。

嫌な予感が顕在化していくにつれ、動悸が徐々に速まっていく。

視線をTシャツから上へと向けたとたん、声にならない悲鳴がため息のように絞りでた。

通路を行き交う人ごみの中に、加奈江がこちらを見つめて直立していた。

すかさず視線をそらそうとしたが、もう遅かった。完全に目が合ってしまった。

加奈江は私の顔を視認するなり、両目をかっと見開き、大仰に笑ってみせた。

相変わらず歳は全くとっていない。この異形《いぎょう》は、十五年前からずっと中学生のままである。

昔、デパートで遭遇した時と同じく、相変わらず薄手のTシャツ一枚で、この真冬の世間を平然とうろついている。時間はおろか季節の感覚すら、この女には全くないようだった。

前回の邂逅《かいこう》からもうすでに十年近く経っていたため、私は再び加奈江の存在を忘れていた。

だから完全に油断していた。まだ終わってなど、いなかったのである。

寒気のするような笑みを浮かべ、加奈江がまっすぐこちらへ向かって歩いてくる。周囲を行き交う客たちは、加奈江の前進に肩を引っこめたり、道を譲ったりしている。

その様子を目の当たりにして、私は思わず愕然《がくぜん》となった。

加奈江の動きに合わせて道を空ける周囲の客たち。

それは要するに、他の人間にもこの女が見えているという確たる証《あかし》に他ならないのである。

あいつは自分の妄想ではなかったのか……。たちまち頭が混乱する。

加奈江と肩がぶつかった若い女が「すみません」と、加奈江に小さく頭をさげる。

——やはり見えている。

わけが分からずその場に棒立ちになっている間に、はたと気づけば加奈江と私との距離は、もうすでにあと五メートルというところまで縮まっていた。

あわてて加奈江へ背中を向けるなり、人ごみを縫うようにして早足で歩きだす。本当なら今すぐ全力疾走で逃げだしたいのだが、人波に揉《も》まれて足が進まず、早歩きが限界だった。

歩きだして数秒ほどで、ようやく妻が電話にでた。

「ごめん、バイブにしてて分からなかった」

暗い声で謝罪する妻の言葉をさえぎるように「今、どこにいる？」と聞き返す。

しかし妻の言葉はしどろもどろで要を得なかった。私がまだ怒っていると思っているのだ。

「ごめん。もう怒っていない。それより今どこにいる？　周りにどんな店が見える？」

妻に話しながらうしろを振り返ると、いつのまにか加奈江は、三メートルほど近くにまで接近してきていた。顔には相変わらず、壊れたような笑みが貼りついている。

「……コーヒー豆を売ってるお店と、あとアイスクリーム屋さんが近くにある」

おろおろとした声で妻が答える。

コーヒー屋とアイスクリーム屋は、私の見える先とは全くの逆方向——加奈江が迫りくるそのはるか向こうにある。思わずのどから苦々しいうめきとため息が同時に漏れた。

歩きながら振り返ると加奈江は小首をかしげ、声もださずに胸元だけで笑ってみせた。

妻に指示をだして、店の外へ出てもらうこともできる。店外であれば人ごみでごった返す店の中よりも、合流するのはまだたやすい。

ただ、妻がこのショッピングセンターを訪れるのは、今日がまだ数度目だった。

加えて店の面積は腹が立つほどだだっ広く、またそれなりに入り組んでもいる。

歩き慣れていない妻が迷うことなく、すんなり外へと出られる保証などどこにもなかった。

それに万が一。馬鹿げた考えかもしれないが万が一、加奈江の矛先が私から妻のほうへと変わってしまったら——。

そんなことが突として脳裏をよぎると、とても妻をひとりで歩かせる気にはなれなかった。

「分かった。すぐそっちに行くから絶対にそこを動くな」

その気もないのに鋭い声がでてしまう自分が嫌だった。妻は私の声に怯《おび》えていた。

早足で進みながら、再び振り返る。加奈江はもう二メートルほど近くにまで接近していた。

どの道、このままのペースだと確実に捕まる。

思いきって踵《きびす》を返し、人ごみを掻《か》き分けながら加奈江のほうへと向かって引き返した。

私が振り返ると、加奈江は一瞬驚いたような顔を見せた。だが、すぐに元の壊れた笑顔に立ち戻ると、さらに歩調を速め、私へ向かってまっすぐに歩み寄ってくる。

加奈江に対してできるだけ斜めに歩き、真正面からの接触を防ぐ。人ごみを盾に、斜めに、前へ、斜めに、前へと進んでいく。

加奈江のほうは逆に人ごみをこじ開けながら、私の真横にぴったり貼りつこうとしていた。互いの距離があと一メートルから二メートルの間で、ついたり離れたりを何度も繰り返す。私のほうはそろそろ気力が限界だった。口の中がからからになり、胃も痛くなり始めていた。これ以上、加奈江の顔を見ていたらどうにかなってしまいそうだった。

周りが避《よ》けてくれるのを頼み、思いきって駆けだす。前方の客たちは驚いたようだったが、それでもどうにかぎりぎりのところで道を譲ってくれた。

そのまま駆け続けていくと、『十戒』のモーゼのように人ごみがまっぷたつに割れていく。これでなんとか振りきれる。そう思った時だった。

「しにぞこない」

私の耳元で、およそ十五年振りに蘇《よみがえ》るあの忌まわしい声が、ぼそりとささやいた。反射的に振り返ると、加奈江の顔が真横にぴたりと貼りつき、私を見あげて笑っていた。

その後はなりふりかまわず、全力疾走で妻の待つ店の前まで駆け抜けた。

妻はアイスクリーム屋の前でうつむき、所在なげに佇《たたず》んでいた。妻の手を引き、大急ぎで外へ出る。常に周囲に目は光らせていたが、加奈江の姿はもうどこにも見えなくなっていた。

車に飛びこみエンジンをかける頃になって、ようやく人心地ついた。駐車場から車をだし、助手席で暗い顔をしたまま目を伏せる妻へ謝罪する。

幸い、妻の機嫌はすぐに直ったが、加奈江の件に関してはひと言も話さなかった。

それを口にだして語るということが、とてつもなく恐ろしいことに感じられたからである。

帰宅後、仕事部屋に戻るなり、祭壇前でありとあらゆる加持祈禱《かじきとう》を行った。死霊祓《ばら》いに生き霊祓い、厄祓い、縁切り、安全祈願。果ては加奈江の供養まで行った。

けれども拝めば拝むほど、私の不安はますます募る一方だった。

先刻目の当たりにした、加奈江の動きに合わせて道を空ける人々の光景。それが頭の中で何度も繰り返し、反復される。

生者でも死者でもないあの女に、果たして何が有効なのか。

皆目見当もつかず、手持ちの祝詞《のりと》、経文《きょうもん》、呪文《じゅもん》を手当たりしだいに詠み続けた。

生者でも死者でもないあの女は、果たして一体何者なのか。

八年前の邂逅時にほんの一瞬感じた淡い感傷など、今度は些《いささ》かも湧きたたなかった。

代わりに感じるのは、中学二年のあの夏のように、現実と虚構のあわいが再びもやもやと揺らぎ始める、極めて危うい感覚のみである。

自分の正気すらも疑いかねない激しい恐怖と焦燥感に駆られながら、私は日が暮れるまで一心不乱に拝み続けた。

しかし、そんな努力もむなしく、それからおよそ二年後。

私は再び加奈江と対峙《たいじ》することになる。

桐島加奈江　死

妻と結婚し、新居をかまえたばかりの二〇一一年。暮れもそろそろ押し迫る頃だった。夕方の五時頃、午後の相談を終え、仕事部屋で煙草《たばこ》を吹かしていると、電話が鳴った。でると相手は若い女性である。

「対人関係の悩みなんですが、こういう相談は大丈夫でしょうか……？」

仕事の範囲内なので、相談の内容自体にはなんの問題もなかった。けれども電話口の声が若いというより、少し幼く聞こえた。うちは未成年者のみの相談はお断りしている。

「大変失礼ですが、お客様は未成年でいらっしゃいませんか？」

「いえ、違います。どうしてですか？」

あっさりと否定されたので、すぐさま謝罪した。電話口の女性はくすくす笑いながら、

「いえいえ、気にしてませんから大丈夫です」と応《こた》えた。

気を取り直し、予約の希望日時を尋ねる。三日後の三時がいいと言うので、承諾した。

「それではその時間で、よろしくお願いします――」

電話を切ろうとしたところで、先方の名前をうっかり聞き忘れていたことに気がつく。

「ああ、すみません。お客様のお名前を伺ってもよろしいでしょうか？」

「桐島です」

とたんに頭の中で、何かが弾《はじ》ける音がした。

「……どうしたんですか？」

言葉を継げずに沈黙しているところへ、電話口で女の声がささやいた。

思えば初めから、どこかで聞き覚えのある声だとは思っていた。じわじわと胃が痛みだす。

「いえ、なんでもありません……」

ただ、それでも確信はまだないのだった。単なる私の勘違いかもしれないのである。

ざらにある苗字《みょうじ》ではないが、桐島という苗字は現実に存在する。偶然声が似ているだけで、単なる同姓の別人だということも十分に考えられる。

というより、そのように考えるのが常識である。また、そのように考えたくもあった。

そもそも現実的に考えて、あの女が電話をかけてくることなどありえないのである。

馬鹿げている。ただちに確認して、安心したい衝動に駆られた。

「あの、よろしければフルネームでお願いできますでしょうか？」

「桐島加奈江です」

女は即答した。

私は再び無言になる。

「どうしました？　……わたしの相談は、受けられないんですか？」

声のトーンがわずかに低くなる。こちらを牽制《けんせい》するような、悪意のこもった声音である。

「あ。もしかして震えてる？　がんばって、拝み屋さん！」

黙って声を聞いていると、中学時代の夢の中、加奈江と過ごした忌まわしい日々が脳裏にまざまざと蘇《よみがえ》る。おどけて人を茶化すようなその口調は、まさしく加奈江そのものである。

自分でも気づかぬうちに、いつのまにか電話を耳元から遠く離していた。通話を切ろうとボタンを押すが、指が震えてまともに動かない。そこへ。

「せえぇっのおおっ……行くからねえええええええ！　きゃははははははははは！」

電話のスピーカーから加奈江の声がびりびりと木霊した直後、唐突に通話は切れた。

その後、私はしばらく震えたまま放心した。


夜になり、いくらか落ち着き、果たしてどうしたらよいものかと沈思《ちんし》する。

加奈江は「行く」と言っていた。予約もきちんと受けている。

三日後の午後三時。あれがとうとう、我が家の敷居をまたぐのである。あれが来たら私は一体何をされるのか。よからぬことだろうということ以外は、全く想像がつかなかった。

電話の着信履歴を調べると、加奈江からの着信は非通知になっていた。

夕方受けた時には、しっかり番号が表示されていたのに。

そもそも仕事で使う電話は、非通知拒否の設定をしてあるというのに。

履歴に残るはずのない「非通知」の文字を眺めていると、またきりきりと胃が痛みだした。

散々悩んだ末、妻にはやはり、このことを一切話さないことに決めた。

加奈江を語るための概略は、同時に私にとって口にだすことさえも厭《いと》わしい記憶である。

加えてそれと同じくらい多分な気恥ずかしさも伴う話だった。私と加奈江の出会いから今にいたるまでのくわしい経緯など、とても妻に打ち明けられるような話ではないと思った。

そもそも信じてもらえるかどうかすらも、疑わしく思える。

結局、私は固く口を閉ざし、妻の身に危険が及ばないよう、ひそかに警戒することだけを考えることにした。

誰にも相談することも、打ち明けることもできず、まるで死刑執行を待つような心持ちでその後三日、私は独りでひたすら悶々《もんもん》として過ごした。

加奈江が指定した、予約当日。その日は朝から雪が降っていた。

庭先に積もり始めた雪を眺めながら、悒々《ゆうゆう》たる気持ちで仕事着に着がえ、相談を開始する。

昼を過ぎ、午後いちばんの相談が終わると、時計はもうすでに二時五十分を回っていた。

あと十分ほどであいつが来る。

緊迫した空気にとてもたえられず、今すぐにでもここから逃げだしたくてたまらなかった。しかし加奈江の作ったこの状況が、それを決して許してくれなかった。

実はこの三日、何度も逃げることを考えてはいた。加奈江が来訪する当日は妻を引き連れ、どこかに避難していればよい。そのように考えて一時は安心したのである。

だが逃亡することによって、とんでもないリスクが発生してしまうことに突然気がつき、泣く泣く断念することになった。

もしも留守中、加奈江が家の中に侵入してしまったら。

知らず知らずの間に、あいつが家のどこかに隠れてしまったら……。

天井裏にそっと身を伏せ、板の隙間から布団の中で寝入る私をじっと見つめる加奈江。うそ寒い映像が頭に浮かんだとたん、私は即座に逃亡することをあきらめたのだった。

生きた心地もしないまま、静まり返った仕事部屋で独り、加奈江の来訪を震えながら待つ。座卓に突っ伏し懊悩《おうのう》していると、やがて時刻は三時にいたった。

がばりと身を起こし、来襲に備えて身がまえる。

ところが三時を過ぎても、加奈江が現われる気配は一向にない。

十分が過ぎたあたりで、思わずはっとなっておののいた。予約の電話をよこしたとはいえ、あいつが馬鹿正直に玄関をくぐってくるものかと思ったのである。

もしかしたらもうすでに、家の中に入りこんでいるのではないか……。

思いたつなり居ても立ってもいられず、ただちに家中をくまなく調べて回った。

茶の間に台所、寝室、風呂、トイレ。果ては押入れ、地袋、天井裏、物置にいたるまで。

家中の全てを歩き回り、微に入り細を穿ってしゃにむに気配を探った。

しかしどれほど捜せど、加奈江の姿は見つからない。ぞわぞわしながらも仕事部屋へ戻る。

その後、三十分が過ぎ、一時間が過ぎ、二時間が過ぎた。

結局、五時まで待ったが、加奈江が仕事部屋へ現われることはなかった。

日もすっかり暮れ落ちたあと、ようやく私は安堵《あんど》の吐息を漏らした。と、同時になんだか腹も立ってきた。この三日間、あいつに散々もてあそばれた。そんな気がしたのである。

あとはもう、本当にたくさんだからな。

腹の中で毒づきながら気を取り直し、夜からの相談客の来訪を待った。


その後、夜の相談が終わって、遅い夕飯も済ませたあと。

仕事部屋で黙々と書き物などを続けていると、あっというまに日付をまたいでしまった。

そのまましばらく机に向かっていると、ふいに背後の窓ガラスが、こつこつと鳴った。

何気なく振り返ったところへ再びこつこつ、と音。

一瞬、気のせいかと思ったが、違った。

カーテンが閉まっているせいで外は見えないが、音は確かに窓の外から聞こえてくる。

静かに立ちあがり、忍び足で窓ガラスへと向かうさなか、ふいに部屋の柱時計が目に入る。

時刻は午前三時ちょうど。

そこへ再び、ガラスがどんどん！　と叩かれた。驚きのあまり悲鳴があがりそうになるが、すんでのところでどうにかのどへ押し戻す。

つくづく自分が馬鹿だと思った。

ガラスの向こうにいるのは、間違いなく加奈江である。

三日前、電話で加奈江は「三時の予約でお願いします」とだけ言った。

午前とも午後とも言っていない。

なんのことはない。あいつは初めから深夜に私の家を訪れる気でいたのである。

どんどんどん！

「そうです」と言わんばかりに窓ガラスがまた叩かれる。音も露骨に大きくなった。

心臓が早鐘を打ち始め、湯上がりののぼせにも似た、強烈な目眩を感じる。全身がひどい悪寒に見舞われ、指も腕も膝も歯の根も、がたがたと激しく音をたてて震え始めた。

どん、どん、どん！

短い間隔を開けて再びガラスが叩かれる。

音に悪意がこもっているのが手にとるように分かる。私を脅かして愉《たの》しんでいるのだ。

どんどんどんどん！

ガラスを叩く音が、割れんばかりに大きなものへと様変わりする。

がたつく膝に力をこめ、気配を殺し、窓のほうへゆっくりと近づいていく。窓枠の端へと身を寄せ、カーテンの隙間から戸外の暗闇をそっと覗《のぞ》きこむ。

とたんに目の前の視界いっぱいが、肌色にぼやけた。

磨《す》りガラスの端にぴったり顔を貼りつけて、加奈江がこちらを覗きこんでいた。

長い黒髪の間から覗く色白の細面。小鹿のように黒目がちで大きな目。小さく丸い鼻。

磨りガラス越しにも、はっきりと分かる。

あの頃、あの夏、あの夢の中。吐き気のするほど見慣れた顔が、私のすぐ目の前にあった。

磨りガラスの向こう、ぼやけた加奈江の口元が横に引っぱられるように、にいっと広がる。

私の目を見て、笑ったのである。

「しにぞこない」

加奈江の声を聞いた瞬間、私は意識を失った。

翌朝、仕事部屋で伸びているところを妻に揺さぶり起こされた。

何度も「どうしたの？」と訊《き》かれたが、なんでもないとだけ答え、私は固く口を閉ざした。

仕事部屋を出て廊下の窓から外を眺めると、雪がまたいちだんと深く降り積もっていた。

目算でざっと、二十センチ以上はある。どうやら昨夜の間、ずっと降り続けていたらしい。

雪掻《ゆきか》きをしなければと思い、玄関戸を開けたとたん、私の口から悲鳴があがった。

玄関前には、金魚を冬眠させている横幅九十センチほどの小さないけすが置いてある。

真冬なので、水面には分厚い氷が張っている。

その氷が叩き割られ、氷面の真ん中に直径二十センチほどの大きな丸い穴が開いていた。

穴の縁にはがちがちに凍った金魚が、放射線を描いて綺麗《きれい》に並べて置かれていた。

穴はどうやら拳《こぶし》で打ち抜かれたような形をしていた。が、氷の厚さは五センチほどもある。

とても人間業とは思えない芸当だった。

あのガキ、魚が好きなんじゃなかったのか……。

真っ赤な氷塊と化した金魚の亡骸に手を合わせながら、加奈江の暴挙に憤る。

いけすから顔をあげると、降り積もった雪の上に小さな足跡とおぼしき痕跡がうっすらと浅い窪みを作って残されているのが目に入った。足跡は玄関前から前庭を横切る形で点々と続いている。恐怖と一緒に怒りも湧き立ち、猛然と足跡を追う。

案の定、足跡は仕事部屋の窓の外まで続いていた。

昨夜、加奈江が立っていた場所である。

さらに忌々しいことに、足跡は仕事部屋の前で止まったきりになっていた。そこから先は進むでも引き返すでもなく、どこへも行った形跡がない。

真っ青になってただちに家の中へと引き返し、再び家中を洗いざらい探して回った。
しかし結局、加奈江の姿はどこにも見つからなかった。

その日も祭壇に向かい、ありとあらゆる加持祈禱《かじきとう》をがむしゃらに行った。
死霊祓いに生き霊祓い、厄祓い、縁切り、安全祈願。
二年前にもそうしたように、加奈江の供養も含めて全て念入りに、徹底的に行った。
けれども前回と同じく、いくら拝んでも私の不安が払拭《ふっしょく》されることはついぞなかった。

きっとまた来る――。
望んだ安心の代わりに、ひたすら不穏で絶望的な予感を覚えただけである。

桐島加奈江　後

昨年の十二月半ば。私用のため、仙台市内に出かけた。

短時間で終わる簡単な用件だったし、翌日は仕事の予定も入っていなかった。年に何度もあることではないので、この日は市内のビジネスホテルに一泊宿をとることにした。

せっかくだから妻を連れて、買い物と食事でも楽しもうと考えたのである。


午後の九時過ぎだったと思う。

夕食を済ませ、ホテルの部屋へ戻ってくると、ベッドの上に長い黒髪が何本も落ちていた。

チェックインから出かけるまでの間、ベッドを使った記憶はない。というよりそれ以前に、髪の毛は私のものでも妻のものでもなかった。

髪の毛の長さはおよそ六十センチ。妻の髪の毛の、実に倍ほどの長さがある。

出かける際に部屋へ残した荷物は、全て手つかずのままになっていた。ゴミ箱の中身も、出かける直前に使った状態のままである。

泥棒が入ったわけでも、清掃スタッフが入ったわけでもなさそうだった。

よく見ると髪の毛は床上のカーペットにも何本か散在していた。拾いあげてみると長さはやはり六十センチほど。ベッドの髪の毛と、どうやら同じ人物のもののようである。

夫婦揃って、なんともいえず薄気味の悪い気分になる。

ただ、せっかくの休暇の最後を、たかだかこんなことで台なしにされるのも嫌だった。

「酒でも呑んで楽しくやろう」

最前までの食事の席でしこたま呑んでいたのだが、呑み直したい気分だった。部屋を出て廊下を突き当たった曲がり角に自販機があったので、缶ビールを買いに向かった。

ほとんどボリ値のようなビールとつまみを適当にみつくろい、部屋へと引き返す。

廊下の角を曲がると、私の部屋の前に中学生ぐらいの子供たちが五、六人、円陣を組んでたむろしているのが目に入った。

大声で馬鹿騒ぎをしているわけではないが、それでもくすくすとささやくような笑い声が、静まり返った薄暗い廊下にうっすらと反響している。

子供たちは私が部屋の前まで近づいていっても動く気配がまるでない。

ドアも開けられず、邪魔である。先ほどの髪の毛の件もあり、多少いらいらもしていた。

「おい、何やってんだ。どけ」

ドアの前までつかつかと歩み寄り、恫喝《どうかつ》するように低い声を投げつける。

にやけ面で井戸端会議のようなことをしていた子供たちが、私のほうへと一斉に向き直る。

瞬間、自分自身の注意力のなさにほとほと絶望させられた。

子供たちの輪の中に、加奈江がいたのである。


私と目が合うなり、加奈江は相好を崩し、ひたひたと歩み寄ってきた。

とたんにがちりと身体が固まり、動けなくなる。まるで蛇に睨《にら》まれたカエルだった。

互いの身体がくっつきそうなほど接近したところで、加奈江の足がぴたりと立ち止まる。

私と加奈江が、至近距離で対峙する。私自身がもっとも忌避《きひ》していた構図が完成した。

蒼《あお》ざめた私の顔を見あげると、加奈江は口元をさらにほころばせ、白い歯を覗《のぞ》かせた。

シャガールの『青いサーカス』がプリントされた白いTシャツに、花柄のロングスカート。

三つ折りにたたんだ白いソックス。クリーム色のスニーカー。

そして黒髪。六十センチほどもある、長い黒髪。

部屋に散らばっていた黒髪が誰のものであるのか、ようやく合点がいった。

同時に部屋の中にいる妻のことがひどく心配になった。ただ、それでも身体は動かない。

加奈江の笑顔に呼応するかのように、他の子供たちも一斉に私へ笑顔を差し向けた。

いずれも目と口を半開きにした、寒気のするような薄ら笑いだった。

よく見ると、こいつらの顔にも見覚えがあった。

中学時代、夢の中に出てきた、熱帯魚クラブだかの友人たちである。今となっては名前も素性も思いだせないが、どいつもこいつも顔だけはしっかりと覚えていた。

クラブの連中は半袖の開襟シャツやらTシャツやら半ズボンやら、いずれも夏服姿だった。どうやら加奈江と同じく、こいつらもあの夏以来、時間が止まってしまっているらしい。

動けなくなった私に向かい、加奈江がくすりと鼻を鳴らして小首をかしげた。

なんの意味かは分からない。あるいは意味などないのかもしれない。仮にあったとしても知りたくもなかった。知ったとしても、私には到底計り知れないものなのだとも思う。

なぜならばこの女は、この世の者でもあの世の者でもない、化け物である。

そんな者が考えることなど、恐ろし過ぎて想像すらもしたくなかった。

加奈江のひと言に、取り巻きたちがぞろぞろと部屋の前から離れ始める。

「行こう」

「また来るね。しにぞこない」

そう言いながら加奈江は小さく手を振り、くるりと踵《きびす》を返して廊下の奥へと消えていった。

加奈江たちが廊下を曲がり、姿が完全に見えなくなると、ようやく身体が自由になった。

すぐさま突進するようにドアを開け、部屋の中へ飛びこむ。

部屋の中では開け放たれたバスルームの前に妻がへたりこみ、無言で涙を流していた。

「どうした！」

声をかけると、

「変な女の子が、バスルームにいた……」と、妻が答えた。


つい数分ほど前。私が部屋を出て、すぐのことだという。

呑み始める前に風呂の準備をしておこうと、バスルームのドアを開けた。

ふと足元に目をやると、タイル張りの床の上に長い黒髪が何本も散らばっている。

部屋の中に散乱していた黒髪と、同じ長さのものだった。

気味が悪いと思いながらも気を取り直し、風呂の準備に取りかかる。

バスタブへ視線を向けると、シャワーカーテンがぴたりと閉じられているのが目に入った。

とたんに嫌な胸騒ぎを感じる。けれども開けないわけにもいかなかった。

開けずにカーテンへ背中を向けることのほうが、はるかに恐ろしく感じられたと妻は語る。

そろそろと足音を殺しながらカーテンへ近づき、さっとひと思いに開け放つ。


空っぽのバスタブの中に、少女が立っていた。

そこから先はほんの一瞬の出来事だったという。

妻がカーテンを開け放つなり、少女はバスタブのへりをぽんと飛び越え、棒立ちになった妻の真横を風のようにすり抜けていった。

顔と顔とがすれ違う際、少女は妻の耳に「ふっ」と冷たい息を吹きつけた。

弾《はじ》かれたように振り返ると、バスルームを飛びだす少女の背中がちらりと見えた。

妻もあわててバスルームを飛びだしたが、すでに少女の姿はどこにも見当たらなかった。

ただ、ドアを開ける音は聞こえていない。部屋のどこかに隠れたのかもしれないと思った。クローゼットの中かもしれないし、ベッドの下にもぐりこんだのかもしれない。

けれども怖くて確認することなど、できなかった。

部屋を飛びだし、私に助けを求めようとも思った。けれどもそれもできなかった。

万が一、ドアを開けた向こうに少女がいたら……。


それでどうすることもできず、バスルームの前にへたりこんで泣いていたのだという。

最前までの流れから察しても、バスタブの中にいた少女は加奈江と断定して間違いない。ためしに容姿を訊《き》いてみると、加奈江の特徴と全てぴたりと一致した。

すすり泣く妻をなだめながらずいぶん悩んだが、結局その晩、私はこれまでのいきさつを包み隠さず、妻に全て打ち明けた。

他人にこの話を語ったのは、生まれて初めてのことだった。

思えば全ては中学時代、私の無意識から始まった話である。妄想と言い換えてもよい。

これまで何度も加奈江と出くわすたび、これは己の妄想に過ぎないのだと自分に言い聞かせ、納得するよう努めてきた。そのように割りきるほうが、はるかに安心できたのである。

その最後の砦《とりで》が、完膚なきまでに叩き壊された思いだった。

私の頭の中にしか存在しないはずの桐島加奈江が、妻も目撃する運びとなった。

〝共同幻想〟という言葉に一瞬飛びついてみたものの、目の前の現実にすかさず拒絶された。

部屋中に散らばる加奈江の長い髪の毛は、いつまで経っても消える気配がなかった。

加奈江の素性や正体はどうであれ、これは妄想ではなく、まぎれもない現実である。

嫌でも認めざるを得なくなる日がとうとうきたのだと得心し、目の前が真っ暗になった。


あれはそのうち、またかならず私の前へ現われるのだと思う。

ただ願わくは、現われるならば私の前だけであってほしいと、切に思う。

妻の前にはもう二度と、決して現われないでほしい。

あれは絶対に祓えない代物だから、その時どうやって妻を守ってやればよいのか。

対抗すべき手段を、私は何ひとつ持ち得ていないのである。

桐島加奈江　録

私と桐島加奈江の出会いと邂逅《かいこう》にまつわる話は、概《おおむ》ね以上である。

本来はこうして文面に書き起こすことすら忌まわしい体験なのだが、本書のテーマである「怪談を始末する」という名目においては、自身が始末したい怪談の筆頭に浮かぶ話なので、意を決して筆をとったしだいである。

本稿の執筆に当たり、できうる限り当時の経過を正確に拾いあげようと思い、中学時代のノートやスケッチブックを引っ張りだしてあらためてみた。もう二十年以上昔のことなので、当時の記録が全て残っていたわけではないが、それでも何点か、桐島加奈江に関する記述を散見することができた。

ただその中に一点だけ、全く身に覚えのないものが見つかり、私は再び嫌な気分になった。

B5判のコピー用紙に描かれた、加奈江のイラストである。

描画力や色づかいから察するに、中学時代に描いたものではない。ぎりぎり美術専門学校時代に描いたものだと言えなくもないが、当時のタッチともまた、微妙に雰囲気が異なる。

ただ、間違いなく自分の手で描かれたものである。いつ描いたものか分からないだけだ。

イラストには、正面を向いて直立した加奈江の全身像が描かれている。

画材はおそらく透明水彩絵の具。私が透明水彩を使い始めたのは専門学校時代からなので、描いたのはやはり専門学生時代か、もしくはそれ以降ということになる。

絵の中の加奈江は笑っていない。能面のごとく、無表情な顔で描かれている。表情から推《お》し量《はか》って、少なくとも親しみをこめて描いたものではないのだろうと判じる。

その後も懸命に記憶をたどってみたが、未《いま》だにイラストがいつ描かれたものなのか、全く思いだすことができない。

本当は手元になど置いておきたくないのだが、何かの手がかりになるかもしれないと思い、今現在は御札を貼った茶封筒に詰めこんで、仕事部屋に保管してある。

また本稿を書き進めるに当たって、あるとんでもない事実に気がつき、慄然《りつぜん》とさせられた。現実の中、加奈江と初めて遭遇したのは、中学二年生の夏である。

その後、二回目の遭遇が二十代前半の年の瀬。三回目は、三十代になったばかりの年明け。四回目は三年前、暮れも押し迫る頃。そして五回目が昨年、十二月半ばのこと。

一回目以外、加奈江との遭遇は全て冬場に集中していた。

本稿を書き終えるにいたるまで、私はこのことに全く気づかずにいた。

もしも加奈江本人がなんらかの意図をもって冬場に現われるのであれば、ある意味これは、とても有益な情報になるのかもしれない。

だが私はこの事実に気がついたことで安心するどころか、逆に激しい不安に駆られている。

これまで加奈江と遭遇するたび、あらゆる類《たぐい》の加持祈禱《かじきとう》を繰り返してきた。

けれども今のところ、それらの労に対してなんらの成果も見受けられない。

どれだけ拝まれようと、祓《はら》われようと、あれは平然と私の前に現われ続けている。

対抗手段がないのでは、仮に向こうが冬場に現われることを知ったとして、なんの役にも立たないのである。実質的には冬がくるたび、加奈江の出現に常々警戒し、ひたすら怯えることぐらいしかできないのだ。

それに考えたくもないことだが、加奈江との遭遇は、年々間隔が狭まってもきている。

中学二年の最初の遭遇から次の遭遇まで約七年。その次までが約十年。ところがその後は、およそ五年の間に加奈江は三回も私の前に姿を現わしている。

また、直接姿を見ないまでも、それらしき気配を感じたことなら、実は他にも何回かある。いずれも冬場の話である。

何度も重ねて言うが、私は未だに桐島加奈江という少女が何者なのか、全く分からない。

幽霊ではないのだと思う。けれども歳をとらないのだから、人間であるはずもない。

〝化け物〟という形容がしっくりくると私は思うが、当時の加奈江にこんなことを言ったら、果たしてあれは、一体なんと返事をしただろうか。

あの夏の、夢の中のめくるめく日々は、今でもまだ私の記憶の中に鮮明に残っている。

中学二年生の一学期から夏休みの中頃まで。私はこの数ヶ月間の記憶をふたつ持っている。孤独に打ちひしがれる現実の記憶と、何もかもが甘く満たされた虚構の記憶のふたつ。

ひどく忌まわしい記憶。決して消すことのできない、加奈江が私の頭に押した烙印《らくいん》である。今後も死ぬまでずっと、私の頭の中に残り続けるのだろう。


三年前。ショッピングセンターに現われた加奈江は、他の人間にもはっきりと見えていた。ならばこの現世に足をついて、あれは今日もどこかをさまよい歩いているのかもしれない。そんなことを考えると、私の心はざわざわと、とても落ち着かないものになる。

シャガールの『青いサーカス』がプリントされた白いTシャツに、花柄のロングスカート。三つ折りにたたんだ白いソックスに、クリーム色のスニーカーを履いている。

身長はおよそ百五十センチ。髪の長さは六十センチほど。黒髪のストレート。顔は色白の細面。鼻は小さく、鼻頭は丸い。

眉毛は少し太く、目は若干黒目がち。まぶたを細めて微笑むと、黒い真珠を彷彿させる。ただし、目は時として皿のように真ん丸く、驚くほど大きく見開かれる場合もある。

唇は小ぶりだが、ぷっくらとして厚い。しかし、こちらも目と同じく、時として耳の付け根にまで達するほど、ばっくりと裂けることがある。

もしかしたら、あなたもどこかで見かける機会があるかもしれない。

ただ、仮に見かけたとしても、絶対に関わらないほうがいい。

あれに目をつけられたら、いろいろと大変なことになる。

もうかれこれ二十年以上、私自身が身をもって実感しているのだから、間違いない。

一度目をつけられたら多分、死ぬまであいつにつきまとわれる。

絶対に、関わらないほうがいい。

冷たい花

蓮見《はすみ》さんが結婚披露宴を終えた、新婚初夜のことである。

妻とふたりで新居のマンションへ帰宅すると、リビングのテーブルに花束が置いてある。

白い薔薇《ばら》に人工着色をほどこした、鮮やかなブルーの薔薇である。

朝、出かける際に花束はなかった。合鍵は蓮見さんが保管していたし、泥棒ならともかく、誰かが部屋に入ってわざわざこんなものを置いていったとも考えづらい。

花束にはメッセージカードが添えられていた。

中を開くと、黒いボールペンで『半村麗美《はんむられいみ》』とだけ書かれている。

名前を見るなり、蓮見さんの顔が一転、曇った。

「その人、誰なの?」

背後からいたずらっぽく首を突きだす妻に、愛想笑いさえ浮かべることができない。

半村麗美とは、蓮見さんが半年前に別れた、先の恋人である。

厳密には先の恋人——というより、同時進行だった元恋人である。今の妻と二股をかけてひそかに交際を続けていたが、婚約が決まってすぐ、ほとんど一方的に切り捨てたのだ。

麗美は二ヶ月前に自宅で首を吊《つ》って死んだ。共通の知人からそのように聞かされている。だから花束は、本人が贈り届けたものではない。

大方、麗美の家族か友人か、そのあたりだろう。

自分の結婚を快く思わない人間が、何か小細工をして部屋に置いたのだろうと思った。

小さく舌打ちをかましながら、花束をむんずとつかみあげる。

とたんに「うわっ！」と悲鳴があがり、つかんだ花束が床の上へと放りだされる。

花束は氷のように冷たかった。手の平を見ると、皮膚が薄赤く腫《は》れて霜焼けになっている。

狼狽《ろうばい》しながら床に目を落とすと、花束がない。

馬鹿なと思い、しばらくリビング中を血眼になって捜してみたが、結局どれだけ捜しても花束は見つからなかった。


それからまもなく、蓮見さんの新妻が、家の中で見知らぬ女を目撃するようになった。

女はリビングや台所、風呂にトイレ、寝室まで、昼夜を問わず家中のどこにでも現われた。

女は常にエプロン姿で、掃除をしたり料理をしたり、主婦のような振る舞いをしてみせた。

女は妻と目が合うと、冷たい眼差《まなざ》しで妻の顔を一瞥《いちべつ》し、煙のように掻《か》き消えるという。

毎晩帰宅するたび、妻からそんな話を聞かされ、蓮見さんはその都度げんなりさせられた。

一方、妻のほうはしだいに神経を病んでゆき、心療内科に通院するようになった。

蓮見さん自身は、妻の言うような女を自宅で目撃したことは一度もない。

ただ、女が麗美であることはすぐに分かった。

妻から女の特徴を聞いてみれば、麗美の容姿に何もかもぴたりと一致していたからである。

だからきっとあの女が化けて、自分と妻に嫌がらせをしているのだと判じた。

病院通いを続ける妻は身も心も日に日に衰弱していき、蓮見さんに突然怒鳴り散らしたり、何もないところに向かって物を投げつけたりする回数が増えていった。

「あんたは見えないからいいよねぇ！　あんたは見えないからずるい！」

というのが、妻の口癖になった。

そんな毎日が続くと蓮見さんの神経もすり減り、だんだんとわらにもすがる思いになった。

妻には内緒で霊能者を訪ね、相談したこともある。

恥をしのんで事情を話すと、霊能者はかぶりを振って、「それはきっと以前の彼女さんが、あなたと結婚生活を送っている気になっているんだよ」と返された。

どうすればいいですか、と尋ねると、「彼女さんは、もうすでにあなたの奥さんになった気持ちでいるから、立ち去ってもらうのは難しいと思う」と首を振られた。

目の前が真っ暗になって帰宅すると、同じく真っ暗になったリビングで、怒り狂った妻が見えない何かに向かって激しく怒鳴り散らしていた。

「お前が出ていけ！　お前が出ていけよおお！」

結局、挙式から半年足らずで妻は精神科病院に入院し、それからまもなく離婚も決まった。

独りきりになったリビングでソファーにどっと身を投げだし、これまでの流れを振り返る。

全ては結婚式の夜、あの冷たい花を目にした瞬間から始まったように思える。

青い薔薇は麗美の好きな花だった。

結婚式のブーケも、青い薔薇がいい――。

そんなことを言っていたような気もする。

思えば結婚を誓い合う仲にまで、ふたりの関係は進展していたのだった。一方的に別れを告げられ、突然一切の連絡を断たれた麗美の哀しみとは、果たしていかばかりだっただろう。

妻を失い、幸福を失った蓮見さんの胸中に、ようやくそんな思いが湧きあがる。

寂寞《せきばく》とした気持ちで物思いにふけり続けていると、そのうち背後でごとりと、音がした。

振り返ると台所のカウンターに、もうもうと湯気の立ち昇るマグカップが置かれている。

立ちあがってカップの中を覗《のぞ》くと、熱いコーヒーが注がれていた。

これからもずっと、見えない妻と暮らし続ける――。そんな予感を、蓮見さんは覚えた。

ちなみに青い薔薇の花言葉は「奇跡」。あるいは「夢かなう」である。

相部屋

三年前の冬場だったという。

明代《あきよ》さんが地方の温泉宿へ家族旅行に出かけた時の話である。

旅行には夫の和弘《かずひろ》さんと高校二年生になる娘の他、明代さんの妹と中学生の娘も同伴した。

年頃の娘がふたりもいるということで、和弘さんには個室が別に割り当てられた。

夕飯が済み、入浴も終えて、女性陣が大部屋で談笑していると、和弘さんが暗い顔をして部屋にやってきた。

どうしたの？　と尋ねると、「今夜、やっぱりこっちで寝かせてくれないか」と頼まれた。

すかさずふたりの娘たちが「絶対ムリ！」と牽制《けんせい》する。しかし、和弘さんは沈んだ声で「そこをなんとかならないか」と食いさがる。

一体何があったのかと明代さんが尋ねると、自分の泊まる個室に女がいるのだという。

「布団に横になってテレビを観てるとさ、視界のはじっこにちらっと見えるんだよ。最初は気のせいかと思ってたんだけど、何回も見ているうちに、はっきり姿が見えるようになった。白い着物を着て、怖い顔をした女だよ」

とにかく怖いんだ。俺、あんな部屋で寝たくない。お願いだからこっちに泊めてくれ。

必死の形相で懇願する和弘さんの頼みを、女性陣はけらけらと笑い飛ばした。

「なにをバカなこと言ってんの！　あの部屋だってタダで借りたんじゃないんですからね。いいからちゃんと自分の部屋で寝なさい！」

笑いながらもぴしゃりとはねつけ、明代さんは和弘さんを部屋から追いだした。

その時の、まるで怯《おび》えた子供のような顔をした和弘さんが、今でも忘れられないという。

翌朝、和弘さんの起床が遅いので部屋を覗《のぞ》いてみると、布団の中で和弘さんが死んでいた。

その死に顔は何かにひどく驚いたかのように、両目がかっと見開かれていたという。

あの晩、あのあと、夫の身に一体何が起きたのか。

「一緒に寝かせてあげればよかったんです……」

そう言って明代さんと娘はすすり泣いた。

覚えがない

製鉄会社に勤務する馬場《ばば》さんが、こんな体験を聞かせてくれた。

ある時、自室の押入れに眠る古いＶＨＳのビデオテープを処分することに決めた。

昔、お気に入りだったバラエティ番組や映画など、貴重な映像を収めたテープも多いため、それらは選別してＤＶＤに焼くことにした。ただラベルが貼られていないテープも多数あり、一本一本再生して確認しつつの作業となった。

何十本もあるテープを次々と再生していくうち、馬場さんの手がふと止まった。

テレビ画面に自分自身の姿が映っていたからである。

映像は、暗闇の中で布団に眠る馬場さんを定点カメラで真上から撮影したものだった。

布団は薄汚れた畳の上に敷かれており、辺りにはぼろぼろに擦り切れた衣類やビニール袋、古びた電気ポットや人形など、雑多なガラクタが無造作に転がっていた。

馬場さん自身はこんなところで寝た覚えもなければ、撮影された覚えもない。

そもそも映像に映っている場所が、どこなのかすらも分からない。

アングルもおかしかった。

布団に眠る自分を真上から撮影しているということは、天井板にカメラを設置しているか、さもなくば天井裏から撮影しているはずである。

そんな無意味に手のこんだ映像を撮影する者など自分を含め、周りには誰もいない。仮にいたとしてもこんな意味の分からない映像をなぜ撮る必要があるのか。

眉をひそめ、しばらく映像を食い入るように見つめる。と、ふいにあることに気がついた。

とたんに馬場さんは突《つ》かれたようにその場をあとずさり、「わっ！」と大きな悲鳴をあげた。

映像の内容自体に関しては依然、全く覚えがない。しかし撮影された場所がどこなのかははっきりと思いだした。

数年前、友人たちと真夜中に出かけた、とある廃屋の座敷である。

映像内の、布団の周りに転がる人形に見覚えがあったので思いだすことができた。

ゴミの散らかり具合や床板の雰囲気も、確かに見覚えがある。

しかしその廃屋に馬場さんが行ったのは、わずか数年前のことである。

なぜこんなものが、十年以上も押入れにしまっていたテープの中から見つかるのか。

馬場さんには全く身に覚えがなかった。

映像は、眠ったままの馬場さんを一時間ほど映し続けたあと、唐突に終わった。

馬場さん自身は間違いなく、こんなところで眠った覚えはないという。

覚えてない

大学時代、佐野《さの》さんがサークル仲間と連れだって、肝だめしに出かけた時の話。

場所は地元の山中に長年放置された、小学校の廃校舎である。

深夜、リーダー格の佐野さんを先頭に、暗く静まり返った校舎へ恐る恐る足を踏み入れた。

校舎二階の廊下を歩いていると、廊下の奥の暗がりに、突然まばゆい光がまたたいた。

一瞬、ぎくりとなって身をすくめたが、すぐに懐中電灯の灯《あか》りと知れる。

暗がりの向こうからは光と一緒に男女の明るく弾んだ声も聞こえてきた。別のグループが肝だめしに来ているのだと察し、一同ほっと胸を撫《な》でおろす。

そのまま進んでいくと案の定、男女のグループがこちらへ向かって歩いてくるのが見えた。

「こんばんはー。何かいましたかー?」

笑いながら、グループに向かって軽く手を振る。

「こんばんはー。いやあ、特に何もないですねえ」

向こう側の懐中電灯を持った男性が、にこやかな笑顔で応《こた》えた。

「そうですかー。お互い物好きですよねー」

「ははは。そうですねえ」

互いに軽口を交えながら、佐野さんのグループと向こう側のグループがすれ違う。

「じゃあどうも」

男性に向かって軽く会釈をする。

「あ、どうも」

向こうも同じく、佐野さんに会釈を返した。

再び正面を向いて歩きだす。

とたんに背後の闇が、しんと静まり返った。

「え？」

思わず声をあげてうしろを振り返る。

誰もいなかった。

一瞬のことだったという。


帰りの車中。先ほどの男女について語り合っていると、妙なことに気がついた。

校内の廊下で、男女のグループとすれ違ったことは全員が憶《おぼ》えている。

しかしグループが何人組で、男と女がそれぞれ何人いたのかについては、誰ひとりとして全く憶えていなかった。

三人だったような気もするし、四人だったような気もするし、五人だったような気もする。あるいは七人か八人か、もっと大勢いたような感じもした。

みんなで懸命に話し合ったが、不思議とどれだけ記憶をたどっても、暗い廊下をこちらへ向かって歩いてくる男女の具体的なイメージが、どうしても頭に浮かんでこない。

さらには佐野さんが会話をしたあの男性も、単に男である、という記憶があるだけだった。年代はおろか、着ていた服や顔すらも全く思いだすことができない。

結局、深夜の暗い廃校内で男女のグループとすれ違った、という曖昧《あいまい》かつ落ち着きの悪い記憶だけが、佐野さんたちの頭の中に今でも澱《おり》のように残っている。

人形写真

奥田《おくだ》さんという三十代後半の女性が、こんな写真を持ってきた。

赤い着物を着た、大きな日本人形の写真である。

どこかの茶の間か座敷だろうか。人形は畳の上にぽつんと立ってこちらを見ている。

髪はおかっぱ。顔は真っ白。目は碁石のように艶々《つやつや》と黒い。

「この人形がどうかしましたか？」と尋ねると、

「お気づきになりませんか？」と返された。

「それ、うちの娘なんです」

七五三の記念にと、三歳になる娘を自宅の座敷で撮影した写真なのだという。

確かによく見ると、人形は片手に千歳飴《ちとせあめ》の袋をぶらさげている。小さな手は肌色である。

「だからこれ、本当は娘の顔じゃないとおかしいんです」


それでも写真には、白くのっぺりとした人形の顔が写っている。

人を殺した人の顔

当時交際していた十七歳の少女を絞殺して、八年間服役していたのだという。

半年前、シャバに戻ってきた吾妻《あずま》は、新しい彼女と市街の高層マンションに暮らしていた。

「人を殺《あや》めてしまった罪、俺は一生かけて償っていかなきゃあ、なんないんす」

自嘲《じちょう》的な笑みを浮かべながらそう言って、ちらちらと私の顔色をうかがうように覗《のぞ》き見る。

マンションのリビング、私と吾妻はガラス張りの小さなテーブル越しに対面している。

私が言葉を返そうと口を開きかけたところへ、吾妻の携帯電話が爆音を撒《ま》き散らした。

くわしくは知らないし興味もないが、ヒップホップのような耳障りでやかましい曲である。

「ちょっとすんませんす」

ためらいもせずに受話ボタンを押すと、吾妻は何食わぬ顔で通話を始めた。

相談開始から二十分。これで四度目の電話である。

「ああ、ああ、マジ？　マジでー！　うん。ああ、わーった。も少ししたら行くわ」

片耳にじゃらじゃらと束ねたピアス。逆さにおっ立てた金髪。縦縞《たてじま》の入った黒色のスーツ。

胸元まではだけた赤いシャツ。テーブル越しにも鼻腔《びこう》を突き刺す、どぎつい香水の香り。

二十代中盤。殺人罪を含め前科二犯。現在無職。彼女の収入で自堕落な生活を送っている。

吾妻というのは、大体このような人物である。

「ごめんなさいね。何回も」

吾妻の傍らに座っていた女が、頭をさげる。吾妻の彼女が勤めている飲み屋のママだった。

彼女の仲介があって、私は吾妻の相談を引き受ける流れとなった。

「とにかく出所してからずっと、美香《みか》に手招きされるんすよ」

通話を終えた吾妻が、再び私へ顔を向けた。

美香というのは、八年前に吾妻が絞殺した元交際相手の少女である。

「夜、寝てると勝手にベッドから起きだして、ベランダのほうに行ってるんす」

吾妻の暮らす部屋は九階にあった。ふらふらと夢遊病者のようにベランダまで到達すると、
目の前の闇空に殺したはずの美香が浮いていて、手招きしているのだという。

「毎回ベランダの手すりンとこに胸がガッて当たってね。それで正気に戻るんすよ」

そこへじゃがじゃがでけでけと、またぞろ電話が鳴りだした。

「あ、ちょっとすんませんす」

ああ何？　ああうん。マジ？　マッジ！　マジでー！

幾分憔悴《しょうすい》したかのような面持ちが、電話にでるとぎらぎらした笑顔に一転する。

「本当にごめんなさいね、何回も。ねえ」

再びママが詫《わ》びをいれるが、私のほうはほとんど上の空である。

「もうマジで限界なんす。カノジョも心配してますし、どうしたらいいんすかね、俺」

通話を終えた吾妻の顔が、再びしおらしいそれへと立ち戻る。

「出所後、彼女のお墓にお参りはした？　まずはそこからだと思うけど」

「あ、それムリっす。向こうの親に絶対来るなって拒否られてるんで」

「じゃあ、個人的に供養をするとか、そういうこともしてないの？　毎日手を合わせるとか、写経をするとかさ」

「あ、そういうことすると今のカノジョ、やきもち焼くと思うんす。だからやってないっす。カノジョに心配かけたくないし、他になんかいい方法ないすか。お祓《はら》いとか除霊とか」

「そんなこと言ったって、まずはお詫びをする気持ちなんじゃないかな？　昔の彼女だってきちんと謝ってほしいんじゃないの？」

「そっすね。人を殺めたわけっすから、それは本当にそっすよね。お務め中は毎日あいつに詫びいれる気持ちで一生懸命作業とかしてたっす」

「うん。でもさ、それは単なる法的な償いでしょ？　もっとこう、なんていうのかな……」

そこへ六回目の着信。

「あ、ちょっとすんません」

ああ、うんうん。あははは、それやべえし！　マジやべえ！　マジやべえよ、それ！

通話が終わるのをじっと待ち、再度話を引き戻す。

「頼まれた仕事だから、こっちも今日は供養させてもらうけど、でも君自身も今後継続して何か形として、きちんとお詫びをしていかないとね」

「まあ、そうっすね。さっきも言ったかもしんないっすけどお、人を殺めた罪っていうのは、やっぱ一生かけて償っていくもんだと、それは俺自身も思うっす」

先刻から何度も口から飛びだす〝殺めた〟という飾り文句が、やたらと鼻につく。

「そうだね。だったらやっぱりきちんと供養はしなきゃ。思いきって一度、彼女のお墓にもお参りに行ってみなよ。君の気持ちも多少は変わるんじゃないのかな？」

「そうだよ、吾妻。なんならあたしもリエちゃんも一緒に行ってあげるからさあ」

私の提案にママも神妙な顔で相槌《あいづち》を打つ。リエちゃんというのは吾妻の彼女の名前らしい。

「そっすかあ……でもケッコー現実、キビシイと思うんすよねえ……」

じゃがじゃがでけでけと、吾妻の電話が本日七度目の着信を報《しら》せる。

「あ、ちょっとすんませんす」

ああ俺。おお、おお。うん、わーった、わーったよ。今行く。うん、うん。じゃあね。

「ちょっとすんません。ヤボ用ができたんで、今日はこれくらいでいいっすか？」

言いながら立ちあがると、吾妻は懐から財布を抜きだした。

「金、これでいいっすかね」

千円札をばさりと二枚、テーブルの上に放りだす。

「部屋、このまま使っていいっすから、女の供養お願いします。お祓いとかしてもらっても全然オッケーっすよ」

じゃあ失礼しまっす！

ぶっきらぼうに一礼するなり、吾妻はあわただしく部屋を飛びだしていった。

「なんだか本当にすみませんでしたねえ」

苦い顔をしながら、ママがぺこぺこと頭をさげる。

「でもあの子、そんなに悪い子じゃないんですよぉ。リエちゃんのことも結婚するんだって真剣に考えてるみたいだし。なんとか助けてあげてもらえませんかね？」

「助けるも何も。まずは自分自分の在《あ》り様《よう》からだと、私は思いますけどね」

当事者不在のまま、吾妻が〝殺めた〟美香へ、ほとんど形ばかりに等しい供養を捧げる。

またお願いしますね、と言うママの言葉を適当にかわし、私はマンションをあとにした。


帰りの車中。吾妻の顔を思いだしながら、深々とため息をつく。

相談の間中ずっと、吾妻の額に女の顔が、人面瘡《じんめんそう》のように浮かんでいた。

額の面積に合わせ、サイズは少々小振りだが、目も鼻も口もきちんと全部揃っている。

あれがおそらく、美香という元交際相手なのだろう。

美香は口元にうっすらと笑みを浮かべ、吾妻の額の上から何度も私に向かって「帰れ」とささやき続けていた。

私が吾妻に墓前参りを提案した際、ほんの一瞬、わずかに憂いを含んだ表情を見せたのが、とても印象的だった。

ただ、その後は煮え切らない吾妻に腹を立てたのか、ずっと険しい表情のままだった。

同じく、吾妻の両頬にも顔が浮いていた。

こちらはどうやら赤ん坊のようだった。

声こそ聞こえなかったが、目鼻をくしゃくしゃに縮ませ、大口を開け続けていることから、ふたりの赤子はおそらく泣いているのだろうと思った。

八年前。ふたりの間に果たしてどのようないきさつがあったのか――。

くわしい話はついぞ聞くことができなかった。

その後、ママからの音信も途絶えたため、吾妻があの後、どうなったのかは知らない。

ただ、壊れた福笑いのようになった吾妻の顔だけは、今でも時折思い返すことがある。

だーれだ？

亜美《あみ》さんが彼氏との待ち合わせで、駅前の喫茶店に入った時のこと。

約束の時間を過ぎても現われない彼氏に焦れていると、突然うしろから両目を隠されて、「だーれだ？」とされた。

「もう、遅いよぉ！」

笑いながら手を振り払い、うしろを振り返ると、白い壁だった。

「あ……」

思わず声が漏れる。

亜美さんが座った席は、店のいちばん奥の角席。それも壁側である。

どこからも、手など差し入れる余裕はない。

手品師

昼の営業もそろそろ終わりに近づく、午後の三時少し前だったという。

野木《のぎ》さんの営む小さな食堂に、ひとりの男が入店した。

四十絡みで背が高く、ほっそりとした体形の男である。

茶色い背広に、中はタートルネックの黒いセーター。頭には赤いベレー帽をかぶっている。

初めて来店する客だった。

男は味噌ラーメンを注文したが、注文を終えると手持ちのカバンからインスタントラーメンの容器を取りだし、テーブルの上に置いた。

発泡スチロール製の丼型をした、どこでも見かける大手メーカーの定番商品である。

お湯を貸せとでも言いだすのではないかと思い、野木さんの眉間にうっすらと皺が寄る。

が、男はかぶりを振って、「なんでもないので、ご安心ください」と笑った。

不審に思いながらも味噌ラーメンを作り終え、男の前に丼を差しだす。

しかし男は味噌ラーメンには目もくれず、インスタントラーメンの蓋《ふた》をぺろりと剝《は》がした。

とたんに容器の中から、薄白い湯気がふわりと立ち昇る。

見れば容器の中には熱々のラーメンができあがっていた。

「うちは持ちこみ禁止だよ」

むっとして抗議すると、男はにこにこと笑って野木さんの持ってきた丼を指さした。

見ると、いつのまにか丼の中身が空になっている。

「僕ね、この丼じゃないと食べられないんですよ」

そう言って男は容器を持ちあげ、おちょぼ口でふうふうとやりながら麵《めん》をすすり始めた。

容器の中を覗《のぞ》けば麵も具もスープも、確かに野木さんの作った味噌ラーメンである。

「一体あんた、どうやったんだい？」

狐につままれたような心境で、思わず男に問いかける。

「魔法ですよ。魔法です」

事も無げに答えると、男は涼しい顔でラーメンをすすり続けた。魔法だなどと男は言うが、おそらく手品師か何かなのだろうと野木さんは判じた。


食後、会計の段になって男がこんなことを言いだした。

「お子さん、こうなっちゃうんですね」

言いながら、片手に抱えていた先ほどのインスタントラーメンの蓋を再びぺろりと剥がし、野木さんの眼前に突きだして見せる。

容器の中を覗きこむなり、野木さんの口から「うわっ！」と驚きの叫び声があがる。

中には血まみれになった小さな指が何本か、ごろごろと無造作に転がっていた。


「子供って、気をつけないですからね」

やれやれとつぶやきながら、男は蓋をぴたりと閉じた。

ほんの一瞬のことで、何が何やら全く整理がつかなかった。

野木さんが戸惑っているうちに、男はさっと踵《きびす》を返して店を出ていってしまった。


その翌日のことである。

午後の営業を終えて休んでいると、野木さんの奥さんが血相を変えて店に飛びこんできた。

小学四年生になる息子が今しがた、犬に嚙《か》まれて病院に搬送されたとのことだった。

大急ぎで病院へ向かうと、息子は右手の指を四本も嚙みちぎられる重傷だった。下校途中、友人宅の飼い犬にちょっかいをだしてやられたのだという。

果たしてどんな仕掛けか。昨日、男の言い残していったひと言が的中する形となった。

火に油

デートの帰り道、首藤《しゅとう》さんは彼女にこんな告白をされた。

最近引っ越したばかりのアパートで、正体不明の黒い人影を見るのだという。

影はいつも決まって彼女の視界の片隅に現われ、見つかるとさっと動いて、消える。

シャワーを浴びている時。テレビを見ているさなか。ベッドに入って目を閉じる寸前。

ふと気がつくと影は彼女の視界の片隅にいて、視線を向けると逃げるようにして、消える。

初めのうちこそ気のせいだと思うように努めていたが、それにしては回数が尋常ではない。

加えて視界の端とはいえ、それは彼女の目にあまりにもはっきりと視《み》え過ぎた。

それの正体がなんであるのかはともかくとして、少なくとも部屋の中に何かがいるという
事実だけは、とうとう認めざるを得なくなったのだという。

影は特別何か悪いことをするというわけでもなく、ただ気がつくと視界の片隅にいるだけ。

それ以上何をするでもなく、今のところ実害らしい実害はないという。

「別に生活に支障はないから、まあいいんだけど。でもなんかちょっと気持ち悪いよね」

そう言って彼女は苦笑いした。

話を聞いた数日後、首藤さんは御札を持参して彼女のアパートを訪れた。

彼女にいい顔をしたくて地元の神社を訪ね、邪気祓《じゃきばら》いの札を譲り受けてきたのである。

御札は部屋の四方に貼ることで結界を作り、悪気邪気を祓うのだという。

御札を見せると彼女も喜び、さっそくふたりで部屋の四方にぺたぺたと貼りつけた。

綺麗《きれい》に貼り終えるとなんだか気分も晴れ晴れとし、そのままふたりでデートに出かけた。

夜更け過ぎ。彼女の部屋へ戻ると、真っ黒に焼け焦げた御札が四枚、フローリングの床に落ちてぼろぼろに砕け散っていた。

その夜から彼女は毎晩、金縛りに遭うようになった。

台所の食器やコップ、部屋の小物などが勝手に落ちて割れるようにもなった。

同時に黒い人影を目にする機会もあからさまに増えた。

油断していると視界の片隅どころか、彼女のすぐ近くにまで接近してくるようにもなった。

影は間近で見てみると黒いシルエットなどではなく、無数の小さな蟲《むし》のような点が人形《ひとがた》に集合して蠢《うごめ》く塊だったという。

結局、耐えきれなくなった彼女は部屋を引き払い、現在は首藤さんの部屋で暮らしている。

誘導　陰

成美《なるみ》さんが大学を卒業して、まもない頃である。

ある日を境に毎晩、ひどい悪夢に悩まされるようになった。

夢の中には決まって、若い女が現われた。女は白い着物姿で、年は成美さんと同じぐらい。いつも憔悴《しょうすい》したような暗い面持ちで、成美さんの腹の上に無言で正座をしていた。

身動きできずに震えていると、女は身を乗りだし、成美さんの眼前にぬうっと迫ってくる。

そこで毎回、悲鳴をあげて目が覚めた。

時計を見ると、時刻は決まって午前三時過ぎ。その後は眠れず、朝まで布団で悶々とする。

こんな繰り返しが、すでにひと月余りも続いていた。

当時、成美さんはアパレル関係の企業に就職したばかりだったが、毎晩続く悪夢のせいで出勤前からすでに疲労困憊《ひろうこんぱい》状態だった。思うように仕事を覚えられず、細かなミスも連発し、その都度上司から叱責《しっせき》を受ける羽目になった。

成美さんの悪夢は両親も関知するところだったが、まともに聞き入れてはもらえなかった。社会人になった緊張感から変な夢を見るのだろう。そんなことを言われておしまいだった。

このままでは本当にまいってしまうと思い、意を決して心療内科も受診してみた。しかし、医師から処方された精神安定剤と睡眠導入剤は、結局なんの解決にもならなかった。薬で眠ろうが、相変わらず夢の中に女は現われ、成美さんの腹の上に座り続けたのである。


ある晩、いつものように夢から覚めると、奇妙なことに気がついた。

がばりと飛び起き、時計を見ると、時刻は決まって午前三時過ぎ。

これまでは覚醒《かくせい》時の恐怖と倦怠感《けんたいかん》からぼんやりそう思っていたのだが、違っていた。

正確には、午前三時十六分。昨日も一昨日《おととい》も、時計を見ると確かに同じ時刻だった。

もしかしたらその前も多分……。いや、おそらくきっと。

根拠はないが、おそらく間違いない。成美さんには半ば確信めいた思いがあった。

翌日の夜も女の夢で目を覚まし、すぐに時計を確かめた。

やはり時刻は、午前三時十六分。

その翌日も、そのまた翌日も、同様だったという。

これはもしかしたら何かあるのかも……。

普段はあまり抹香臭い話には関心のない性分だったが、この時ばかりは事情が違った。

毎晩繰り返される悪夢といい、目覚めの時刻の一致といい、常識では全く説明がつかない。

もはや人智を超えた何かに原因を求めねばならぬほど、成美さんは追いつめられていた。

その筋に少々くわしい知人に相談すると、専門職にお祓《はら》いをしてもらうという手もあるが、まずは自家の墓参りでもしてみてはどうかと勧められた。


さっそく次の休日、成美さんは言われたとおり、近所の菩提寺《ぼだいじ》へと赴いた。

自家の墓前に花と線香を手向け、静かに手を合わせる。

先祖の成仏と、現状からの救済を一心に願った。

お参りを終えて墓地の中の小道を歩いていると、同じ墓地に本家の墓もあることをふいに思いだした。ついでだからお参りしていこうと思い、墓前へと向かう。

墓石の前に屈《かが》んで手を合わせようとした時、墓石の隣に建てられた法名碑に目が留まった。

碑のいちばん新しい法名欄に〈静子《しずこ》・三月十六日・二十三歳〉と、彫られてある。

三月十六日。

三時十六分。

これだ！

静子さんというのは本家のひとり娘だった人である。成美さんがまだ幼い頃、重い病気か何かで亡くなったのだと、かなり昔に両親から聞かされた記憶があった。

碑の享年を見れば、今の自分と年齢もちょうど同じである。

同い年の自分がうらやましかったのか、それとも在りし日の現世が恋しくなったのか。

こんなに若くて、さぞや無念だったろうに……。

そんなことを考えると、なんだか自然と涙がこぼれて止まらなくなった。

成美さんは墓前に向かって長々と手を合わせ、静子さんの冥福《めいふく》を粛々と祈った。


その晩。

寝苦しさで目を覚ますと、成美さんの腹の上に、あの白装束の女が座っていた。

いつもは夢の中に女が出るからこそ、恐ろしくて目を覚ます。

ところが今は、目を覚ましたら女がいる。

順番が違う。

だからこれは——夢ではない。

気づいた瞬間、悲鳴をあげようとする成美さんの眼前に、ぐわりと大口を開いた女の顔が猛然と迫った。

女はこれまでの沈んだ面持ちとは一転し、怒りのこもった凄《すさ》まじい形相をしていた。

成美さんはそのまま意識を失い、朝まで昏睡《こんすい》し続けた。

誘導　陽

その後も女は毎晩、現われた。

しかも今度は夢の中ではなく、目覚めた成美《なるみ》さんの眼前に直接現われるようになった。本家の墓前で静子《しずこ》さんの命日を知った、その夜からの変容である。

夜毎《よごと》現われる女こそが、他ならぬ静子さん自身である可能性が高い。仮にそうでなくとも一連の怪異の元凶が、本家となんらかの関わりがありそうに思えてならなかった。

進退窮まった成美さんはやむなく両親を説得し、本家へ一度、相談に行こうとうながした。

成美さんの両親は散々渋っていたが、長い交渉の末、本家へ行っても亡くなった静子さんに関しては余計な詮索《せんさく》は絶対にしない、という条件つきで、成美さんの嘆願を承諾した。


後日、両親に連れられ本家を訪れた。

家督娘を亡くした本家に暮らしているのは、静子さんの年老いた両親だけだった。

成美さんの両親がもっともらしい口実を作り、仏壇参りの了解を得る。老夫婦はわずかに怪訝《けげん》な顔をしていたが、それでも成美さん一家を仏間へと案内してくれた。

勧められるまま仏前に座り、香炉に線香を立て、静かに手を合わせる。

ゆっくりと時間をかけ、今度こそ静子さんの冥福《めいふく》をと願い、真剣に祈った。

念入りに手を合わせ、顔をあげたとたん、成美さんの膝元でがたりと乾いた音がした。

見ると仏壇前に設《しつら》えられた経机の下から、何かがはみ出て倒れていた。

白木の位牌《いはい》だった。

「あっ」と声をあげた瞬間、成美さんのうしろに座っていた静子さんの母親が身を乗りだし、位牌をさっとつかみあげた。間髪を容《い》れずに経机の下へ位牌を投げつけるように放りこむと、再び何事もなかったかのように居住まいをただす。

驚きながら振り返ると、母親の顔は能面のように冷たく、居心地の悪いものになっていた。

「……なんですか？」と尋ねると、母親は吐き捨てるようにひと言、

「なんでもありません」とだけ言い放ち、それっきり、石のように押し黙ってしまった。

傍らに座っていた静子さんの父親も、早く帰れと言わんばかりに目を血走らせている。

気まずい空気を察した成美さんの両親がしどろもどろに礼を述べ、あたふたと腰をあげる。

両親に背中を突き飛ばされるようにして、成美さんは本家をあとにした。

帰宅後、老夫婦のただならぬ様子に納得がいかず、成美さんは両親を問い詰めた。

ふたりはしばらくの間、のらりくらりとかわしていたが、やがて渋々、重い口を開いた。

驚いたことに静子さんの死因は病気ではなく、自殺だった。

両親の説明によれば、本家のあの老夫婦は、若い時分から地元の怪しげな霊能者に傾倒し、常軌を逸するようなことばかり繰り返してきた。

結果、本家にもかかわらず、親族縁者の大半から絶縁状を叩きつけられた身なのだという。

それほどまでに、霊能者に対するふたりの妄信は目に余るものがあった。

たとえば霊能者のご託宣で庭に池を造れと言われれば即座に池を造り、あとから埋めろと言われれば喜んで埋める。犬を飼えと言われればすぐに飼ったし、逆に捨てろと言われれば躊躇《ちゅうちょ》なく捨てた。

とにかく全てにおいて一事が万事、このような調子だったという。

その異様な妄信は当然、静子さんが生まれてからも続いた。

両親は静子さんの成長に関する大半を霊能者に相談し、その都度〝ご託宣〟にしたがった。

静子さんの通うべき幼稚園や学校を始め、付き合ってもいい友達と悪い友達。髪型、服装。趣味。習いごと。果ては将来結婚する年齢や、子供を生むべき年齢にいたるまで。

そもそも「静子」という名前すら、霊能者がこれ以外の名前では早死にするということで、両親がありがたく賜ったものであるらしい。

然様《さよう》に静子さんの人生指針は、ご託宣という名の霊能者の妄言に万事委《ゆだ》ねられていた。

霊能者の放つ妄言に対し、幼い頃こそ従順だった静子さんも、やがて成長するにしたがい、強い疑念と反発心を抱くようになった。自分の意思などおかまいなく、次々と勝手なことをのたまい、決めつける霊能者と両親。双方に対して衝突する機会もしだいに増えていった。

事件が起きたのは静子さんが成人後、就職してからまもなくのことである。

霊能者の妄言で決められた大学を卒業後、静子さんは同じく、霊能者の妄言で決められた地元の商社に就職した。

別段、好きでもやりがいのある仕事でもなかったが、静子さんは文句も言わず働き始めた。家を飛びだす資金が欲しかったからである。

重ねて同じく、霊能者の妄言によって静子さんは学生時代、アルバイトをさせてもらえなかった。当然ながら貯蓄などほとんどなく、家を出るにも出られない状態にあった。

毎月の給料からこっそり蓄えを始め、静子さんはひそかに家を飛びだす予定を立てていた。一刻も早く、こんな家からいなくなりたい。

それだけを目標に、静子さんはひたすら仕事に励み続けた。

秘めたる希望を抱きつつ、就職から数ヶ月が過ぎた頃。ある日を境に、静子さんの願いはますます強く、切実なものになった。彼女に生まれて初めての恋人ができたからである。

相手は同じ職場の同僚で、奥手で気弱ながらも、とても優しい男性だったという。

家を出たらいっそのこと、彼と一緒に部屋を借りて同棲《どうせい》するのもいいかもしれない。もうすぐ貯まる独立資金を勘定しながら、静子さんはそんなことも夢見始めていた。

ところが静子さんの交際は、まもなく両親の知るところとなった。

「どうして先生にお伺いも立てずに勝手なことをする！」

真っ赤になって怒鳴り散らしながら、ふたりはただちに霊能者の元へ相談に向かった。

当然のごとく、霊能者の口から出た答えは不許可。生まれながらに定められた結婚年齢にまだ達していないばかりか、異性と交際すること自体、そもそも早過ぎるなどと言う。

帰宅後、怒り狂った両親は問答無用で、静子さんに交際の打ち切りを迫った。

しかし、これには静子さんのほうもとうとう堪忍袋の緒が切れ、激しく逆上した。

「もうあなた方とわたしは親でも子でもない。縁を切らせてもらう！」

もうすぐ貯まる独立資金が、静子さんを強気にさせてもいた。一気呵成《いっきかせい》にそう言い放つと、静子さんは自室に戻って荷造りを始めた。

ところが両親はそれでも懲りずに、即座に霊能者へ電話を入れる。

そこで霊能者の口から飛びでた無責任なひと言が、静子さんの運命を決めることになった。

あの娘に悪い霊がとり憑《つ》いている。

その瞬間から、静子さんに対する両親の対応が激変した。

最初に行ったのは監禁である。庭の蔵に鍵をかけ、嫌がる静子さんを無理やり閉じこめた。続いて静子さんの勤め先に電話をいれ、娘の退職を申しでた。

全ての準備が整うと、連日連夜、除霊と称する虐待が始まった。霊能者を自宅に招き寄せ、静子さんを前に、気味の悪い呪文《じゅもん》を延々と唱え続けたのである。

静子さんが憤って抵抗すると、霊能者は「悪霊がこの娘を誘惑している」などと言い放ち、羽交い締めや馬乗りになって、徹底的に拝み続けた。

来る日も来る日も、そんな凶行が飽きることなく続けられた。日に日に静子さんは衰弱し、徐々に無抵抗になっていった。

だが両親は哀れな愛娘《まなむすめ》に対し、さらに残酷な〝仕上げ〟を用意していた。

静子さんの恋人の口から、電話で別れを告げさせたのである。

静子さんの退職後、彼女の安否を心配した恋人は、実家に何度も連絡をいれていた。

当初は「あなたに教える義理など何もございません」「娘はここにはおりません」などと、無下にあしらっていたが、ある日、ふたりの腐りきった頭中に鬼畜じみた妙案が浮かんだ。

まもなく、再び電話をよこした恋人に、両親はこう告げた。

「我が家は昔から熱心に神信仰を続け、今や屋敷中のいたるところに神々がご降臨くださる。我が家は神々の忠実なる眷属《けんぞく》にして、その寵愛《ちょうあい》を一身に賜る、大変神聖な家柄なのだ」

このようなことを電話口で代わる代わる、とうとうと述べ連ねたのである。

静子さんの恋人は浮世離れした話を延々と語り続ける両親に恐れをなし、いくらも経たず、電話口の向こうで無言になった。

頃合いを見計らい、父親がとどめを刺す。

「こんな家と付き合っていく覚悟がお前にあるか？　縁ができれば、お前も神の眷属として永遠《とわ》なる忠誠を尽くしてもらう。それができないなら娘と別れてくれ」

恋人はしばらく沈黙したあと、消え入りそうな声で、はいと答えたという。

その後、蔵に閉じこめていた静子さんを連れだし、電話を受けさせた。

静子さんは初めのうち、久しく聞くことのかなわなかった恋人の声に顔を輝かせていたが、やがていくらのまも置かず、それは暗く沈んだものへと変わっていった。

電話が終わると静子さんはその場にくずおれて、狂ったように泣き叫んだという。

これで娘も目を覚まし、とり憑いた悪霊も離れていくことだろう。

床に転がり、大声で泣き続ける娘の心情などよそに、両親は顔を見合わせ、ほくそ笑んだ。

しかし、ふたりの仕掛けたこの〝仕上げ〟が、静子さんにとどめを刺すことになった。

翌日の朝、蔵を開けると、静子さんは首を吊《つ》って死んでいた。

娘を失った両親のショックは並々ならぬものがあり、葬儀の間中、父親は終始無言のまま険しい顔で立ち尽くし、母親はすっかり放心して抜け殻のようになっていたという。

しかしそれでもこの両親は、その後も霊能者の元へ足繁《あししげ》く通い続けた。

自殺に際し、静子さんは遺書を残していた。両親と霊能者に対するこれまでの怨《うら》みと怒り、呪《のろ》いの言葉が延々と書き殴られた遺書である。

両親はこれを警察にではなく、霊能者の元へと持参した。

遺書を読み終えるなり、霊能者はこのようなことをのたまったのだという。

「この娘はどうやら、悪鬼邪神の化身だったようだな。今までは人のふりをしていただけだ。人という殻を失ったあいつは、これからきっとお前たちを祟《たた》って、とり殺そうとするだろう。だが、案ずるな。こいつを滅ぼすためなら、私も一切の協力を惜しまん」

みんなで力を合わせ、悪鬼邪神を打ち滅ぼそう――。

妄言を鵜呑《うの》みに、あの老夫婦は未《いま》だに死んだ娘を嬲《なぶ》り続けているのだという。

「だから、あの娘が迷って出てくる気持ちはよく分かる」

成美さんの父はそう結んで、がくりとうなだれた。

「さあ、これで話はおしまいだ。どうして静子ちゃんがお前を頼って出るのかは分からんが、わざわざ本家まで出向いて手を合わせたんだ。これであの娘《こ》も満足するだろう」

そう言って席を立とうとする父に、だが成美さんは強烈な違和感を覚えていた。

なんだか話が、少し足りない。

何が足りないのかは、分からない。しかし明らかに、何かが足りない。

胸がそわそわとざわめいて、無性に気分が落ち着かなかった。

同じく先刻からずっと、父の語りを聞きながらひたすら黙ってうつむいている母の姿にも、理屈ではかれない何かを成美さんはひしひしと感じていた。

ふたりの様子を交互に見比べ、成美さんはその〝何か〟の元凶を静かにうかがう。

とたんに確信めいた情景が鎌首《かまくび》をもたげ、成美さんの全身からざっと血の気が引いた。

思わず声を上擦らせ、両親に問いただす。


「ねえ、静子さんの家のこと、どうしてそんなにくわしいの?」


成美さんのひと言に、ふたりの肩がびくりと大きく持ちあがる。

短い沈黙ののち、消え入りそうな声で父はこう答えた。

「それは、父さんたちも昔、その先生のところに通っていたから……」

瞬間、成美さんの頭が真っ白になった。

「けど、今はもう通っていない。お前が小さい頃に通うのをやめたんだ」

父の告白から、忘却していた記憶がまざまざと蘇《よみがえ》る。

小さい頃、お寺でも神社でもない奇妙な造りの建物に、両親と一緒に出向いた記憶がある。

同じく、奇妙な柄の衣に身を包んだ男と両親が、何やら熱心に話をしている記憶もある。

この後に続く話の流れを予感して、成美さんの動悸が急激に速まりだす。

「今は通ってない。それだけは誓うよ。本当だ。もうだいぶ昔に行くのはやめた」

言いわけがましく弁解する父の言葉を押しのけ、成美さんはさらに両親を問い詰めた。

「どの程度まで関与したの、それに？」

「たまに本家へ行った時に、話を聞かされた程度だ」

成美さんから目をそらし、父は空々しく答えた。

「嘘！　本当は違うんでしょう？」

さらに語気を荒らげて問い詰めると、それまで傍らで黙っていた母が、

「何度か、除霊のお手伝いをしたことはあったの……」

ぼそりと小さな声でつぶやいた。

最低だ……。

とたんに激しい憤りを感じた。

母に詰め寄り、本当にそれだけなのかと大声で叫び続ける。

すると。

それまでしおらしくうなだれていた母が、突然跳ねるような勢いでぱん！　と立ちあがり、鬼のような形相で成美さんの目をきっと睨《にら》み据えた。

「何度も何度も助けてほしいと静子ちゃんに頼まれました！　両親を説得してください！　お願いだから、彼に会わせてください！　ここから逃がしてください！　たくさんたくさん、大事なことを頼まれました！　でも私たちはそれをことごとく無視しました！　全部先生に決められた運命なんだと叱りつけ、私たちは静子ちゃんを地獄に叩き落としました！」

あの子を殺したのは私たちも同じですっ！

ヒステリックに叫び終えるなり、母は床に崩れてわっと泣きだした。

沈痛な面持ちでそれを見守っていた父が母の肩を抱き、

「もういいだろう、頼むから許してくれ……」

と涙声でつぶやいた。

成美さんはしばらくその場で放心したあと、無言で自室へ戻り、床に就いた。

その夜から静子さんが現われることは、二度となかったという。

野性の勘

手島《てしま》さんが深夜、茶の間でテレビを観ていた時のことである。

それまで膝の上でのどを鳴らして寝ていた猫が、突然むくりと起きあがった。トイレかと思い横目で様子を見ていたが、猫は茶の間の虚空を見あげ、突然うなり声をあげ始めた。

猫の見あげる視線の先を仰ぎ見ても、別段何かがいるわけでもない。

おかしなまねをするものだと呆《あき》れたところへ、猫が天井に向かってぴょんとジャンプした。

とたんに頭上で「ぎゃっ！」と女の叫び声が弾《はじ》ける。

くるりと身をよじりながら畳の上に着地した猫の口には、長い髪の束がくわえられていた。

驚いて取りはずしてみると、髪の長さはおよそ四十センチ。ススキの穂ほどの量がある。

手島さんの家族に、こんなに髪の長い人間はいない。

よく見ると髪束の根っこには黄色っぽい頭皮の小さな切れ端と、血液も付着していた。

あわててゴミ箱に突っこむと、その日から手島さんはしばらく夜ふかしするのをやめた。

生前供養

自動車整備工場を営む草野《くさの》さんは、普段は仏壇になど全く見向きもしない。

別に抹香臭いものに偏見があるわけではないが、特別興味がないのだという。お盆参りや彼岸参りも数年に一度、気が向いた時に出向くぐらいだし、葬儀や法事の席も作法が面倒で苦手だと語る。

そんな草野さんだが、時折無性に仏壇を拝みたくなる時がある。

動機らしい動機は特にない。強いて言うなら、身体がアルコールやニコチンを欲する時の禁断症状のそれに近い。

突然、そわそわと居ても立ってもいられなくなり、仏壇に手を合わせたくなるのだという。

そんな草野さんのそぶりに気がつくと、家族は全力をもってそれを阻止しようとする。

草野さんが拝むと、翌日かならず誰かが亡くなるからである。

ざっと思い返す限りでも、この十年ほどで延べ三十人余りが亡くなっている。

亡くなったのは草野さんの親類を始め、隣近所、職場関係など、全て草野家と縁のあった人間ばかり。一時は草野さんが呪《のろ》い殺しているのではないかと家族が勘繰ったこともあるが、そのようなつもりは本人には全くない。

ただ無性に拝みたくて仕方がなくなるので、仏前に詣でるだけなのだという。

あまりに人が死に過ぎるので草野さん自身も気味悪がり、自制しようと努めてはいる。

ただ、一旦《いったん》〝拝みたい衝動〟が始まると、抑えようがないのだという。

夢遊病者のように仏間へふらふらと足が向いてしまい、はたと気づくと拝んでいる。

拝んだ翌日にはかならず誰かの訃報《ふほう》が入る。

という生活が、もうかれこれ十五年以上続いている。

家族は常に監視の目を光らせているが、未《いま》だに阻止できたためしは一度もない。

ちょっと目を離した隙に、いつのまにか拝み終えているそうである。

つい先月も拝んだ翌日、なじみの寿司屋《すしや》の大将がくも膜下出血で死んだばかりだという。

折る家

数年前のお盆。

呉《くれ》さんは地元に帰省した中学時代の友人たちを自宅に招き、ささやかな酒宴を催した。

成人式後の同窓会以来、久々に果たした再会に宴席は大いに盛りあがった。近況の報告や懐かしい思い出話など、供された酒をかてに次々と花が咲いた。

そんな中、ふとした弾みから中学時代のある同級生の話が飛びだした。

大久保《おおくぼ》君という名の生徒の話である。

酒宴に集まった面子《メンツ》の中では、呉さんがいちばんよく彼のことを知っていた。

大久保君が高校卒業後、まもなく一家は心中を図り、すでに鬼籍《きせき》の人となっていた。

中学時代の三年間、大久保君とはクラスも別々だったし、大して親しい間柄でもなかった。

しかし家が近所だったため、興味はなくても彼の近況は自然と耳に入ってきていた。

心中の理由は借金苦とも身内間のトラブルとも噂され、はっきりとは分からなかった。

ただ、粉雪のちらつく寒い日の朝、他県の山中に停められた車から遺体が発見されたこと。

車中で練炭自殺をしたことだけは知っていた。

大久保君は当時の学校の中では、どちらかといえば目立たない部類の生徒だった。性格は内向的で口数が少なく、進んでみんなの輪の中に入ってくるようなこともない。

友達も少なかった。いじめを受けていたわけではなかったが、元々孤独を好む性分なのか、休み時間はいつも独りで机に座って本などを読んでいる。

そんな印象ばかりが強い生徒だった。

「あいつ、そんなことになってたんだなあ……」

事情を知らなかった友人のひとりが、誰に言うでもなく、ぽつりと独りごちた。

そこへ戸川《とがわ》という名の友人が、こんなことを切りだした。

「なあ、あいつの家ってこの近所だろ？　今から行ってみねえ？」

大久保君の家は、呉さんの家から歩いて五分ほどの距離に今現在も残っていた。どうやら土地屋敷は大久保君の父親の本家の所有らしく、一家が心中したあとも空き家になったまま、何年間も放置されていた。

馬鹿な話だと呉さんは思ったが、時計を見ればそろそろ日付をまたぎそうな時刻である。酒宴もなんとなくお開きになりそうなムードになっていた。

このまま解散してしまえば、友人たちともまたしばらく会えなくなる。少しでも長い時間、みんなと一緒にいたいという気持ちも手伝った。

結局、渋々ながらも呉さんは戸川の提案を承諾することにした。

蒸し蒸しと湿気《しっけ》ばんだ夜風を肌身に受けながら、暗い夜道を千鳥足でふらふらと進む。

いくらか歩くと、ぼうぼうに伸びきった庭木の間に、かつての大久保君の家が見えてきた。

家は二階建ての木造住宅。造りは比較的立派なものだったが、荒れ放題になった庭を始め、家自体もかなり古びて傷んでいた。

薄汚れた外壁には細長い亀裂《きれつ》がいくつも走り、窓ガラスはほぼ全損。軒下には蜘蛛《くも》の巣が不吉な打ち上げ花火のようにびっしりと張り巡らされている。

みんなで家の前に並び立ち、気味が悪い、怖いなどと口々に感想を述べていると、戸川が「中に入ってみようぜ」と言いだした。

一応たしなめてはみたが、泥酔して気の大きくなっている戸川はまるで聞く耳を持たない。建てつけの悪くなった玄関戸を力まかせにこじ開けると、ずかずかと中へ入ってしまった。

こうなっては仕方がないとあきらめ、呉さんを始め、他の友人たちも彼の背中を追った。

懐中電灯で家の中を照らしつけると、座卓や茶箪笥《ちゃだんす》、ストーブといった家財道具の大半が、分厚いほこりをかぶりながらも、ほとんどそのままの形で残されていた。

座敷に行って箪笥を開ければ、畳んだ衣類が入れっぱなしになっている。

「なんだか夜逃げしたみたいだな」

ぽつりと感想を漏らす友人に向かって、

「だから夜逃げして死んだんだろうが」

と、戸川が合いの手を入れて高笑いをあげる。

「なあ、これだけ家の中がそのままになってるってことはさあ、もしかしてあいつの部屋もそのまんまなんじゃね？」

赤ら顔をくしゃくしゃにさせながら、戸川はいそいそと大久保君の部屋を探し始めた。

呉さんが「もういいだろう」と言っても、聞き入れるそぶりすらない。酔いの勢いに任せ、家財道具を蹴《け》飛ばしたりしながら、さらに家の奥へと進んでいく。

やれやれといった面持ちで、呉さんたちも再び彼のあとを追うことにした。

穴だらけの障子戸や軋《きし》んだドアを次々と開け放ち、一階の部屋を順に調べて回る。しかしそれらしい雰囲気の部屋は見つからなかった。

続いて、みしみしと鳴る階段を上って二階へ上がる。

すると廊下を渡ったいちばん奥に、学習机が置かれた小さな部屋が見つかった。

本棚を覗《のぞ》くと、少年漫画の単行本やライトノベルといった書籍がずらりと並んでいる。

雰囲気から察して、ここが大久保君の部屋で間違いなさそうである。

部屋はおそらく、ほぼ当時の状態のままで残されているようだった。ベッドにはきちんと布団が敷かれ、壁にはジャンパーやコートが綺麗《きれい》に皺《しわ》を伸ばしてかけられている。

小さい頃からそのまま使い続けていたのだろう。部屋の隅に置かれた子供用の学習机にはノートや書類封筒などが几帳面《きちようめん》に整理され、備えつけの書棚に整然と並べられていた。

壁に貼られたアニメのポスターは、呉さんが高校時代に流行《はや》ったSFロボット作品のもの。映画のポスターはその同時期に公開された異星人侵略を描いた大作映画のものだった。

ああ、こいつの時間はこんなところで止まってしまったんだな。

古びて色褪《いろあ》せたポスターを眺めていると、呉さんはなんだか少し物悲しい気持ちになった。

「おい！　これ見てみろよ！」

振り返ると、戸川が一冊のノートを手に持って笑っていた。

「これ、あいつの日記だよ！　表紙に日記って書いてある！」

そう言って呉さんの目の前に古びた大学ノートを突きだしてみせる。

表紙には太字のマジックで確かに「日記」と書かれてある。その下に書かれた記入年代を示す数字は、大久保君が一家心中を図った時期のものだった。

「どうしたんだ、それ」

尋ねると、戸川は机の上に置いてあったと答えた。

「なあ、これ読んでみようぜ。あいつの心中直前・実況ログかなんかだよ、きっと！」

「やめておけよ」とたしなめたが、戸川の興奮は収まらない。

「いやいやいやいや！　見るしかないっしょ！　絶対すげえ内容だよ、これ！」

呉さんから懐中電灯をひったくると、戸川は下卑た笑みを浮かべながらノートを開いた。

とたんに。

戸川の鼻が横向きに九十度、ばったりと倒れた。鼻先が、右の頰へぴたりと貼りつく。にやけ面でノートを眺めていた戸川の笑顔が、一瞬凍りついたように固まった。

次の瞬間。

「うごおおおおおおおおおおおおおおおおっ！」

くぐもった叫び声をあげながら両手で鼻を押さえつけ、戸川がその場にどっと膝をついた。

鼻面を覆う手の間からはおびただしい量の鮮血が、滝のように流れ落ちている。

あわてて駆け寄り、こわばる戸川の両手を顔から剝《は》がすと、呉さんたちも悲鳴をあげた。

戸川の鼻がどす黒く変色し、ぱんぱんになって腫《は》れあがっていた。

わけも分からないまま、みんなで戸川を担ぎ出し、自宅へ戻って救急車を呼ぶ。

しばらくして、救急車が自宅に到着した。

駆けつけた救急隊員に容態を訊《き》いてみると、「鼻の骨が折れている」と言われた。

「どなたか、この怪我に心当たりのある方はいらっしゃいませんか？」

案の定、救急隊員たちから露骨に疑いのこもった目で尋ねられた。本当のことを話しても信じてもらえるとは思えなかったので、呉さんたちは適当に言葉を濁し、ごまかした。

門口を出る救急車をみんなで見送りながら、その夜はそれで解散となった。

翌日の昼、戸川から電話が入った。やはり鼻の骨が折れていたという。

「本当に誰かに殴られたのではないのですか？　って、医者にしつこく訊かれたよ」

そう言って戸川は、電話の向こうで深々とため息をついた。

医者曰《いわ》く、どう考えても〝誰かに殴られて折られた〟としか思えない折れ方なのだという。

それを聞いて呉さんも、殴られたのだろうと思った。

殴られて当然だろうとも思った。


この一件を境に、友人たちとはなんとなく疎遠になってしまいましたと、呉さんは結んだ。

練炭

前話「折る家」を執筆中にこんなことがあった。

前話を書く動機となったのは、ある女性の相談客からこんな話を聞いたからだ。


お盆に会社の同僚から墓参りに誘われた。

「どこに行くの」と尋ねると、以前勤めていた会社で同僚だった男性の墓参りなのだという。

誘われるままふたりで墓地へと赴いた。

しかし墓前に立つと、なんだかとても厭《いや》な感じを受ける。

彼女は体質的に、少々敏感なアンテナを持つ人だった。

なんとも言い得ぬ不快感を覚えているところへ、同僚から「何か感じない？」と訊《き》かれた。

「どうして？」と問い返すと、墓に眠る彼は自殺をしているのだという。

同僚が以前勤めていた会社で粉飾決算絡みのごたごたがあり、彼はその矢面に立たされた。

彼自身は責任者でもなく、また、実行役でもないにもかかわらず、である。

いわゆる、トカゲの尻尾《しっぽ》切りというやつだった。

身に覚えのない責任をなすりつけられた彼はその後、自宅で練炭自殺を図った。自殺からもうすでに十年近くも時が経つが、果たして彼はきちんと成仏できているか。それを確認してもらうべく、彼女をわざわざ墓前に連れだしたのだという。

憤慨した彼女は何も言わず、そのまま墓地をあとにした。

しかしその日から〝その彼〟が、彼女の住むアパートに現われるようになってしまった。昼夜を問わず、夏だというのに、部屋いっぱいに突然、練炭の臭《にお》いが漂い始める。気配を感じ視線を向けると、七輪を両手に抱えた男が、無言でこちらをじっと見つめている。

こんなことが、もう一週間ばかりも続いているのだという。

件《くだん》の相談に関しては、その日のうちに一応の解決策を見いだした。彼女のほうも満足して帰っていったし、対応自体に問題はなかったように思う。

相談終了後、そういえば練炭にまつわる怪異であんなこともあったな、と思いだしたのが、前話「折る家」だった。当時、ネットで連載していた怪談コーナーにさっそく採録しようと思いたち、仕事が終わった深夜一時過ぎから仕事部屋で執筆を始めた。

そろそろ三時を回る頃だったたと思う。

もう少しで書きあがるというあたりから、仕事部屋に薄く、練炭の臭いが立ちこめてきた。初めは気のせいと思っていたが、時間が経つにしたがい臭いは徐々に強くなっていく。

それからさらに三十分ほどが過ぎた。もはや気のせいでは済ませられないほど、部屋中が練炭の甘ったるい臭いで充満していた。

さすがにまずいと思い、一旦《いったん》筆を止めて祭壇前に座る。

昼間に供養をあげた男なのか、作中に登場する一家なのか、どちらかまでは判然としない。ただ状況から察して、いずれかによるものだと考えるのが自然な流れではあった。

供養の経をひとしきりあげさせてもらい、両者の冥福《めいふく》を祈る。

経をあげ終える頃には、練炭臭はすっかり消えてなくなっていた。


翌日の夜、飯沼《いいぬま》さんという常連客の男性から電話があった。

昨晩、弟が亡くなったとの報《しら》せだった。

名を正彦《まさひこ》さんといい、年齢は三十代前半。私もよく知る人物だった。

飯沼さんとは別に、二年ほど前から個別で相談を受けていた。恋愛事の相談や運勢の鑑定、車のお祓《はら》いなどの用件が多い人だった。

……一体何があったのですか？

私が伺うと飯沼さんは少しの間、口ごもりながらも「自殺なんです」と答えた。

昨夜三時頃、車で県内の奥深い山中に分け入り、車内で練炭自殺を図ったのだという。

嗚咽《おえつ》をこらえる詰まった声で、飯沼さんはさらに続ける。

正彦さんはもう何年も前から、勤め先の会社で上司から執拗《しつよう》なパワハラを受け続けていた。人格を否定されるような発言は日常茶飯事だったし、暴力を振るわれることも度々だった。サービス残業や休日出勤も常態化し、最低限の休息すらもままならない。

昨日、相談客の話にでた会社員の男性同様、粉飾決算まがいの汚れ仕事もやらされていた。そのようなことが、車内に残された遺書にしたためられていたのだという。

生前、正彦さんの口から仕事絡みの相談を受けたことは一度もない。

「仕事のほうはどうですか？」と訊くと、「すごく順調ですよ。楽しいです」などと笑顔で返してくるのが常だった。

「気づいてあげられず、大変申しわけありませんでした」

飯沼さんに謝罪すると、「どうか気にしないでください」と逆に気を遣われた。

「私だって、あいつの遺書を読むまで、こんなことになってるなんて分かんなかったんです。プライドの高い男だから、恥をかきたくなかったんでしょう。馬鹿みたいに強がりなんです。郷内さんに相談しなかったのも多分、弱い自分を見せたくなかっただけだと思います」

だからどうか、気にしないでください。

再びそう言ったあと、飯沼さんは初七日が終わってからの別供養を私に依頼した。

電話が終わると頭が真っ白になり、私は祭壇前にへたりこんでしばらく放心した。

弱い自分を見せてもいいのが、拝み屋の前だろうに。

そう思うのと同時に、何も気づいてやれなかった自分自身の不徳に腹が立った。

人を和ませ、笑わせるのが好きな人だった。「早く結婚したい」が口癖の人だった。

相談に訪れてもいつのまにか本題を脱線し、ふたりで何時間も馬鹿話を繰り広げた。

楽しい思い出がたくさん詰まった、私の大事な客、というよりは友人だった。

飯沼さんとの約束前に、私個人の気持ちとして拝ませてもらおうと思った。

蠟燭《ろうそく》に火を灯《とも》し、香炉に線香を焚《た》く。

その段になって、ようやくはっとなって気がついたのだった。


供養なら昨夜、もうすでに済ませている。


正彦さんが亡くなったのは昨夜の深夜三時頃。仕事部屋に練炭臭が漂い始めた時間である。

その原因はおそらく、自殺した会社員でも一家でもない。

彼なのである。

図らずも私は昨晩、気づかぬうちに正彦さんの供養をしていたことになる。

カウントダウン

拝み屋になって以来、毎年お盆になると名前を呼ばれる。

場所や日時は特に決まっていない。どうやらお盆というくくりがあるだけのようである。

声は初め、私をこのように呼んだ。場所は当時住んでいた実家の庭先。

「しんどう、にじゅうさん」

子供のような、ちょっとキーの高い声。子供だとすればどうやら女の子のようである。

頭のすぐうしろで聞こえた。

当時、本当に二十三歳だったので、ずいぶん変な呼びかたをするものだと思った。

ただ、本当にたったこれだけの現象だった。あとにも先にも何が起きたわけでもない。

だから翌年のお盆に再び呼ばれるまで、一度も思いだすことがなかった。

その年は盆の入り、門口で迎え火を焚《た》いているさなかだった。

「しんどう、にじゅうに」

やはり頭のうしろから唐突に呼ばれた。

おいおい、歳間違えてるよ。その年は苦笑いしつつ、やれやれとかぶりを振った。

翌年、また呼ばれた。自家の墓参りに出向いた折である。

「しんどう、にじゅう」

ここでようやく、毎年数が減っていることに気がつく。しかも突然、ふたつも減っている。

さすがに多少、意識するようになった。

翌年は、夜中に自室で映画を観ているさなかに呼ばれた。

「しんどう、じゅうろく」

今度は一気に四つも数が減っていた。

「一体なんなんだ！」

思わず声を荒らげて振り返るが、向こうからは他に何が返ってくるわけでもなかった。

四年目にしてようやく、なんともやりきれない厭《いや》な気持ちになる。

初めは実年齢を指しているのだとばかり思っていたこの数字は、どうやら違うらしかった。

減る、ということは少なくとも実年齢を指しているのではない。

真っ先に思いついたのは寿命だった。私個人の寿命、ないしは拝み屋としての寿命である。

毎年毎年じわじわと、いかにもといった宣告の仕方が、嫌でもそのように思わせた。

ただ、かといって、それを裏づけるなんらかの確証があるわけでもない。

人を小馬鹿にしたように、もしかしたら精神年齢のことでも指しているのかもしれないし、寿命ではなく、数字がゼロになったら何かが起きるというような企《たくら》みなのかもしれない。

あるいは数字自体になんの意味もないということも十分に考えられる。

前述の精神年齢と同じく、そのようにして人をからかう〝視《み》えない何か〟もいるのである。

拝めば何かしら分かるかもしれないと思い、仕事部屋の祭壇前で手を合わせたこともある。

が、答えは結局、何も出てこなかった。

言いわけはしない。腕の悪い拝み屋なのである。


その後も毎年、名前と数字を呼ばれ続けている。数はますます減る一方である。

昨年の盆にも呼ばれた。昼間、妻とふたりで庭木に水を撒《ま》いていた時である。

「しんどう、よん」


今年の盆も、あと数ヶ月に迫っている。

何が起こるにせよ――。
もうそろそろ、なのである。

両面

幼い頃、戸田《とだ》さんは葬儀や法事といった、檀家《だんか》の和尚がお経をあげる席が大の苦手だった。退屈だからではない。お経をあげる和尚のうしろ姿を見るのが、嫌だったのだという。

和尚の後頭部には、もうひとつ顔があった。

剃髪《ていはつ》して艶光《つやびか》りしたはげ頭の裏側に、和尚と全く同じ顔があるのだという。

目は常にぼんやりと虚空を見あげ、顔全体に惚《ほう》けたような薄ら笑いを浮かべている。

うしろの顔は和尚のあげるお経に合わせて、口だけはぱくぱくと緩慢に動かしもした。

その全てが幼心《おさなごころ》に大層気持ち悪く、とても耐えられたものではなかった。

大人に話しても、誰もまともに取り合う者はいなかった。しつこく言うと叱られもした。

仕方なく、仏事の席では終始頑《かたく》なに目を閉ざすことによって、なんとか耐え忍んできた。

戸田さんが中学校にあがる頃、その和尚が飲酒運転のあげく、交通事故で逝った。

聞く話によれば、首の骨がねじ折れて顔が背中を向いていたのだという。

げたげた首

今から五十年ほど前、沼倉《ぬまくら》さんが五歳の時の話である。

この年の秋口、彼が当時暮らしていた田舎の大きな実家は、火事で全焼してしまうのだが、その出火原因が未《いま》だにどれだけ思いだしても、到底信じられないものなのだという。


空が抜けるように青く澄み、のどかな陽気に包まれた昼下がりのことだった。

沼倉さんと彼の母親は、実家の裏庭で掃き集めた落ち葉に火をつけ、焚火《たきび》を楽しんでいた。

と、そこへふいにどこからともなく、サッカーボールほどの大きさをした丸くて黒い物体が、ごろごろと音を立てながら庭の中へと入ってきた。

なんだろうと思って視線を向けたとたん、転がる物体の表面から黒くて長いものが幾筋もばさばさとほどけ始め、まるで果物の皮が剝《む》けるかのように内部がするりと露《あらわ》になった。

それは土気色をした女の顔だった。

全体を見れば、ばさばさに乱れた黒髪をうねらせながら庭の地面をごろごろとひとりでに転がり回る、得体の知れない女の生首である。

沼倉さんと母親が悲鳴をあげてその場に凍りつくと、首はげたげたと素《す》っ頓狂《とんきょう》な笑い声を張りあげながら、裏庭の方々を縦横無尽に滅茶苦茶《めちゃくちゃ》な勢いで転がり始めた。

それからまもなくのことである。果たして自ら意図したものか、誤った末のことなのか。女の生首は、沼倉さんの目の前で赤々と燃え盛る焚火の中にずぼりと一直線に突っこむと、続いて焚火の反対側から橙色《だいだいいろ》の巨大な火だるまと化して飛びだしてきた。

それでも首はげたげた笑いながら転がり続け、今度は家の軒下へ向かって潜りこんでいく。母親が我に返って血相を変え、軒下を覗《のぞ》く頃にはもうすでに遅かった。

家のあちこちから黒い煙が立ち上り、続いて火の手もあがり始める。

異変に気づいた隣近所の住人たちが駆けつけ、まもなく消防団と消防車も到着したのだが、火の勢いのほうがはるかに速く、その頃にはもうすでに家は巨大な炎に包まれたあとだった。

家が燃えゆくさなか、沼倉さんも母親も「燃える生首が火をつけた！」と周りに向かって叫んでいたが、誰も話を信じてくれる者はおらず、やがて母親は何も言わなくなってしまい、そのうち沼倉さんも、母親から「黙りなさい」と口を塞《ふさ》がれてしまった。

以後は生首の話を口にだすと母親を始め、家族や親類たちから強く叱られるようになった。

だが沼倉さんは間違いなくそれを目撃しているし、母親も確かに目撃しているはずだという。けれども生首の正体がなんであるのかは、今でも何ひとつ分からないままだそうである。

たすけてよー

ある日の夕方、保奈美《ほなみ》さんが自家の前庭に作った家庭菜園の手入れをしていた時のこと。

「たすけてよー」

家庭菜園の傍らに伸びている柿の木の樹上から突然、小さな女の子の声が聞こえてきた。

視線を向けて樹上を振り仰げば、太い幹から伸びた枝の真上に七、八歳くらいの女の子が腰かけて、不安そうな面持ちでこちらをじっと見おろしている。

「たすけてよー」

服装は白いブラウスに、黒いジャンパースカート。髪型は肩口で三つ編みに結ったおさげ。片手には金髪頭の着せ替え人形を抱いている。

見たことのない女の子だったが、まずはおろしてあげなくちゃと思い、樹下から女の子に向かって両腕を差し伸ばす。地面から女の子が腰かける枝までの高さは二メートルくらいで、保奈美さんが思いっきり腕を伸ばせば、どうにか女の子の腰辺りまで届くほどの高さだった。

ところが予想に反して腕は女の子のつま先まで、あとほんの少しのところで届かなかった。

おかしいなと思いながら背伸びをしても、やはりぎりぎりのところで届かない。

仕方なく柿の木の幹に片足をかけてよじ登り、今度は女の子に向かって片腕を差し伸ばす。だがそれでも腕は、女の子まであともう少しというところで届かなかった。

「たすけてよー」

悲痛な声をあげ続ける女の子に気が焦り、さらに柿の木をよじ登る。

両手両足を使って五十センチほど登り、今度こそはと思って腕を差し伸ばす。

だがぎりぎりで届かない。

「たすけてよー」

さらに幹をよじ登って腕を伸ばすが、それでも女の子には届かない。まるで保奈美さんが登った分と同じだけ、女の子が腰かける枝も一緒に高くなっていくかのようだった。

さすがに何かおかしいと、保奈美さんが思い始めた頃である。

それまでずっと不安げな面持ちをしていた女の子の顔が突然、明るい笑顔に変わった。

「えっ？」と思った直後、女の子が両足の靴裏を保奈美さんの胴に向かってぬっと突きだし、思いっきり蹴り飛ばした。身体が幹から離れ、ぶわりと宙に放りだされる。


次に気がつくと、保奈美さんは病院のベッドの上にいた。

家族に話を聞くと、柿の木の根元で大の字になり、白目を剥いて伸びていたらしい。

大した高さから落ちたわけでもないのに、腰の骨を折る大怪我をしていたそうである。

めでてえなぁ

アブラゼミがかまびすしく鳴き交わす、盛夏の暑い昼下がりのことだった。

主婦の千早《ちはや》さんが縁側で洗濯物をたたんでいると、突然。

「めでてえなぁ」

凜《りん》と透きとおった、綺麗《きれい》な女の声が聞こえた。

なんだろうと思い顔をあげると、声の主は目の前の庭先にいた。

青々と茂った黒松の樹下に白無垢《しろむく》姿の花嫁がひとり、楚々《そそ》として佇《たたず》んでいる。

白粉《おしろい》で薄白く染まった細面に、真っ赤な紅を差した唇。純白の綿帽子。手元には黄金《こがね》色に輝く末広《すえひろ》がそっと握られていた。

花嫁は千早さんの顔をまっすぐに見つめ、柔和な笑みを浮かべていた。

その笑顔があまりにも優しいものだったので、千早さんの顔からも思わず笑みがこぼれた。

「めでてえなぁ」

再びひと言、花嫁が千早さんの顔を見つめながら、寿《ことほ》ぐ。

言い終えると、花嫁は千早さんの見ている目の前で煙のように掻《か》き消えてしまった。

思わず「あっ」と声があがる。けれども不思議と怖さは微塵《みじん》も感じなかった。怖さよりも驚き。驚きよりも名残惜しさが先立った。それほどまでに花嫁の風姿は美しく、いつまでも眺めていたいと千早さんに思わせていた。

しばらくその場に陶然《とうぜん》として固まったあと、ああ、これは〝祝福〟なのだと得心した。この時、千早さんは妊娠五ヶ月目を迎えていた。お腹に宿っていたのは結婚四年目にしてようやく授かった、待望の第一子である。

おそらく先祖だろうと判じた。妊娠と出産、子孫繁栄に対する祝福。そのような気持ちをわざわざ眼前に現われ、差し向けてくれたのだろうと思った。

それならば大変ありがたい話である。居ても立ってもいられなくなり、さっそく茶の間でテレビを観ていた義母へ一部始終を報告した。

ところが明るい声で事のあらましを説明する千早さんに対し、義母の反応はひどく鈍くて不審なものだった。千早さんが話せば話すほど義母の口数は減り続け、顔色も露骨なまでに蒼《あお》ざめていく。

「ちょっとごめんなさいね」

話の途中で義母が突然腰をあげた。顔には笑みが浮かんでいたが、作り笑いだった。

ガラス障子を開けて廊下へ出ていくうしろ姿を見つめ、最初はトイレかと思った。

けれどもいくら待てども、義母が茶の間へ戻ってくる気配はない。

怪訝に思って茶の間を出ると、仏間のほうで気配がした。

障子を開けると、仏壇に向かって義母が一心不乱に手を合わせていた。

先ほどまでの態度といい、突然の仏壇参りといい、普段の義母からは考えられないほどの奇矯な振る舞いだった。さすがに不安を感じ、どうしたんですかと尋ねると、

「元気な赤ちゃんが生まれてくるように、手を合わせていたの」

蒼ざめた顔に引きつった笑みを浮かべながら、義母はぎこちなく笑うばかりだった。


その夜、帰宅した夫にも昼間の花嫁の話を、義母の不審な態度もつけ加え打ち明けてみた。

すると夫はけらけらと笑いだし、

「おふくろは昔から怖がりで、お化け幽霊の類《たぐい》が大嫌いなんだよ。お前が変な話をするから、大方震えあがってしまったんだろう」

したり顔でそんなことを言うばかりで、まともに取り合ってもくれない。

翌日以降も義母の不審な態度は続いた。何を話しかけても、どことなく上の空である。

露骨な作り笑いが、かえって千早さんの不安と不信感を煽《あお》った。

花嫁の話をしようとするとのらりくらりとかわされ、毎回のごとく話題を切り替えられる。

そんな義母の態度に、なんだか自分の貴重な体験が踏みにじられているようにも感じられた。

千早さんのほうも、そのうち花嫁の話題を口にすることがなくなっていった。

それから数ヶ月後。千早さんは出産した。

死産だった。

生まれてきた子供はへその緒が首に絡まり、すでに胎内で息絶えていた。

男の子だったという。

退院後、半ば放心状態ですすり泣きながら仏壇に手を合わせていると、義母も隣に座って一緒に手を合わせ始めた。

「こんなことになって、本当に申しわけありませんでした……」

深々と頭をさげる千早さんを優しく制し、義母は千早さんの頭をあげさせた。

「いいのよ。いいの。だってしょうがないじゃない……」

そう言って義母は、千早さんの肩をねぎらうようにぽんぽんと優しく叩く。

「実はね……わたしもそうだったのよ」

思わず、え？　となって顔をあげる。

戸惑う千早さんを傍目《はため》に、義母は静かに腰をあげると、仏壇脇に設《しつら》えた戸棚の引き出しを開けた。中から小さな白木の位牌《いはい》が出てくる。

「わたしもね、若い頃に見たのよ、あれを」

なんのことだか分からず混乱する千早さんに、義母は声をひそめてこう言った。

あの花嫁は子供を持っていく――。


とたんに千早さんの顔からみるみる血の気が引いていった。

義母も若い頃、妊娠中に自宅の庭先で、同じ花嫁を目撃したことがあるのだという。

柔和な笑みと「めでてえなぁ」のひと言に当時、義母の気持ちもやはり激しく舞いあがり、すぐさま姑《しゅうとめ》――千早さんから見て義理の祖母に当たる――に一部始終を報告をした。

ところが話を聞いた祖母の反応は、常軌を逸したものだった。

話が終わるなり腕を引っつかまれ、半ば引きずるような形で近所の神社へ連れて行かれた。

神社へ着くと祖母は社の前にべったりと身をひれ伏し、お守りください、お守りくださいと、一心不乱に手を合わせる。

普段は物静かでおだやかな祖母からは到底信じられない、それは異常な振る舞いだった。

何が起きているのか分からずにおろおろしていると、「あんたもお願いしなさいッ！」と、物凄《ものすご》い剣幕《けんまく》で怒鳴られた。祖母から放たれる異様な迫力に義母はひと言も返すことができず、しばらくふたりで地べたに頭をこすりつけ、無我夢中で手を合わせた。

帰り道。しばらくの間、無言だった祖母が、ようやくぽつりと口を開いた。

自分も若い頃、妊娠中に件《くだん》の花嫁を見たことがあるのだという。

当時、花嫁のひと言に舞いあがったのは、祖母もまた同様だった。

しかし子供は死産。気が狂わんばかりに泣いたと聞かされた。

その後、祖母も当時の姑の口から、自分も妊娠中に花嫁を見たとの旨。結果として子供が死産した旨をとうとうと語られ、茫然自《ぼうぜんじ》失《しつ》となったのだという。

「こうやって神様におすがりするしかないんだ。なんとかがんばろう」

そう言って祖母は義母の肩を抱きしめると、大きな声でおいおい泣いた。

だが結局この後、義母に宿った最初の子も、死んで生まれてくることになった。


そんな連なりが千早さんを含めたここ四代、あるいはもっとずっと前の代から、この家で続いてきている。義母は涙ぐみながら、とつとつと語った。

件の花嫁が何者であるのかは、今もって全く分からないという。

分かっていることはふたつだけ。あの花嫁を目撃すると、お腹の子供が死んでしまうこと。それからそれを回避する手立てが、何もないということだけである。

千早さんに花嫁の話を聞かされた翌日以降、義母もできうる限りの防護策は講じた。

千早さんには内緒で高名な霊能者の元を訪れ、お祓《はら》いを続けてもらっていたのだという。

「でも結果はやっぱり何も変わらなかった。ごめんね、本当にごめん……」

ぼろぼろと大粒の涙が義母の頬を伝う。

「わたしにはもう、何もしてあげられないと思うけど……」

そう言って義母はぎゅっと唇を噛《か》むと、意を決したかのようにこう続けた。


次も駄目でも決してあきらめないで。


え。

次「も」って、何……？

まるで希望のない投げやりな言葉に、思わず頭の芯がかっと熱くなった。

「それはどういう意味ですかッ！」

ばっと身を乗りだし、義母に高声《たかごえ》をあげる。

「うちの息子、つまりあなたの夫は、わたしの三番目の子供なの」

千早さんの目をまっすぐに見つめ、無機質な声で義母が即答した。

義母の膝元を見ると、小さな位牌がふたつ、畳の上に並んでいる。

思わずぎょっとなって身を引いた。

「息子には一切話してません。花嫁のことも、自分が三番目だってことも」

知らないほうがいいんです。どうせどうしようもないことなんだから。

だからこのことはどうか、息子には黙っていて。

ふたり取らせてしまえば、もうおしまいだから……。

そうやってわたしも、わたしの先代も、その先代も、多分その前もずっと……。

ようやくひとり、子を生《な》している。

義母はそう結ぶと、小さな位牌を胸元に抱きしめ、さめざめと泣いた。

数年後、千早さんは再び身籠《みご》もった。

祈るような気持ちで連日連夜、子の無事を望み続けた。

だが、妊娠七ヶ月目。

花嫁は再び庭先に現われ、「めでてえなぁ」と千早さんに笑いかけた。

お腹の子は結局、流れたという。

奇跡の石

妻が実家に帰省した、一昨年《おととし》の二月上旬のことである。

早朝、激しく叩かれる玄関の音と、がらがらと嗄《しゃが》れた女の大声で目が覚めた。

何事が起きたのかと思い、眠い目をこすりながら布団を抜けだす。寝巻き姿のまま玄関を開けると、五十代半ばぐらいの太った女が玄関先に立っていた。

「なんですか？」

「拝み屋さんのお宅でしょうか？」

「ええ、そうですが」

「ああ、よかった！　あたし間違えちゃったかと思いましてぇ！」

そう言って女は大きなため息をひとつつき、大仰に胸を撫《な》でおろすしぐさをしてみせた。

「どういったご用件でしょうか？」

「ご相談したいことがあるんです！」

布団を抜けだした時、時計は五時四十分だった。うちは午前九時から営業開始である。

しかも完全予約制で。

そのように伝えると、女はわずかに膨れ、「いいじゃないですか、せっかく来たのに！」などと、がなり立てる。

「決まりですから、駄目なものは駄目です。それに言いたくはないけど非常識でしょう？」

こんな朝早くに。と言いかけたところへ、女がすかさず口を挟んだ。

「じゃあ相談はいいですから、これ！　これを処分してください！」

女は手にしたバッグをがさごそとまさぐると、中から野球ボール大の丸い石を取りだした。

「なんですか、それ？」

「奇跡の石です！　持ってると具合悪くて大変なのよ！　こちらで処分してください！」

奇跡の石。などと女は言うが、石の柄を見る限り、どう見ても単なるタイガーアイである。

「五十万もした石なんですけどね、あたしのオーラと合わないみたい！　駄目よこれ！」

五十万。などと女は言うが、大きさを考えてもタイガーアイはそんなに高価な石ではない。

大方、どこぞの業者にそのかされたのだろうと思ったが、話が長くなりそうだったので訊《き》くのはやめた。

「そんなに高価な物はお預かりできません。申しわけありませんが、お引き取りください」

「違う違う、預かるんじゃないの！　処分して欲《ほ》しいって言ってんの！　ね、お願い！」

それでも女は、なおも執拗《しつよう》に食いさがる。

「いや、処分も含めていたしかねます。申しわけありませんが、お引き取り願います」

「いじわるしないで、ほらお願い！」

女の手が、私の手首を素早く引っつかむ。狼狽《ろうばい》しながら振りほどこうとする私の手の中に、すかさず奇跡の石とやらが強引にねじこまれる。

「ちょっと、困りますから！」

「いいからいいから！　はいこれ、お礼！」

折り目のついた千円札が数枚、石を握った私の手の中へ、同じく強引にねじこまれた。

「じゃあお願いします！　どうもありがとうございましたあ！」

ぺこりとぞんざいな一礼をするなり、女はそそくさと踵《きびす》を返した。

待ってください！　女の背中へ向かって叫ぼうとした瞬間、言葉がのどに引っこんだ。


庭先に停められた女の車。車内に無数の顔が、ぎゅうぎゅう詰めになって蠢いていた。

男も女も子供もいる。年寄りもいた。ただみんな、顔だけしかない。

肌の色は月のように青白く、髪も耳も歯もなく、目玉はみんな真っ黒だった。

全ての顔の目玉と口がぱくぱくと上下に気ぜわしく、開いては閉じを繰り返している。

車内を埋め尽くす無数の顔の群像は、なんだか押《お》し寿司《ずし》にされた銀シャリのように見えた。

呆気《あっけ》にとられたまま玄関前に立ち尽くしていると、ばたりと鈍い音が耳に届いた。

女が車に乗りこんだのだと察する。ただ、無数の顔にさえぎられ、女の姿は確認できない。エンジンがかかるなり、車は逃げるような勢いで門口を猛然と飛びだしていった。

再び静寂が戻った早朝の自宅玄関。無言で佇《たたず》む私の手の中には、奇跡の石が握られている。琥珀色《こはくいろ》と茶色の筋がまだら状に入り混じった、なんの変哲もないタイガーアイである。見た目だけは。

嫌な予感はもう十分に覚えた。おそらく普通の石ではないのだろう。持っているだけでも厄介なことになりそうな代物だとも思う。ただちに処分したい衝動に駆られた。

ただ、真偽はともかく「五十万」などと、あの女は言っていた。

あとから「やはり返してほしい」などと言われても困るのである。

結局、悩み抜いた末、仕事部屋の祭壇下に置いている木箱の中へ石を保管することにした。同じようないきさつで仕事部屋に置き去りにされてしまった石類をまとめた箱である。

保管前に一応お祓《はら》いは済ませたが、あんなものを見せられたあとでは気分も落ち着かない。すっかり目も冴《さ》えてしまったため、薄黒い気分のまま、私はその日の仕事の準備を始めた。

名前も素性も知らない女はその後、二度と私の前に現われることはなかった。

喪服

同じく、二月半ばのことである。夜の七時頃に対面相談の来客があった。

半年ほど前にも一度、我が家を訪ねてきたことのある若い夫婦の相談客である。

妻がお茶を淹《い》れ終え仕事部屋を辞すと、ふたりが神妙な顔つきで私に頭をさげた。

「今夜お忙しかったんじゃないですか？　それなのにどうも、申しわけありませんでした」

事前に予約があっての相談だった。別段、忙しくも迷惑でもない。

そのように伝えるとふたりはわずかに顔色を曇らせ、こんなことを言いだした。

「……ご葬儀か何かだったんじゃないですか？」

彼らが言うには、妻が和装の黒い喪服姿だったので、恐縮してしまったのだという。

この夜、妻は普段着だった。色も喪服と見間違えるような暗い色ではない。

即座に「そんなことはありませんよ」と否定する。

しかし、ふたりのほうは譲らない。間違いなく、妻は喪服を着ていたのだという。

すぐさま妻を呼び戻す。退室後、わずか数十秒のことである。

赤色のパーカー姿の妻を見て、若い夫婦は目を丸くしたまま押し黙ってしまった。

気味の悪い話ではあるが、たったこれだけの話である。

ただ、今になって振り返ってみると、この後、私の身に起きた変事の前触れだったように受けとれなくもない。

喪服の怪異事態は瑣末《さまつ》なものだが、だからこそあえてここに書き記したしだいである。

その変事の全容を、次より記す。

不明熱

同じく、二月下旬のことだった。

早朝、ひどい悪寒と頭痛で目が覚めた。

熱を測ると三十九度五分もある。インフルエンザかと思い、ただちに病院へ向かった。

鼻腔《びこう》の奥へ綿棒を突っこまれる、忌々《いまいま》しいほどに痛苦しいインフルエンザの検査を受ける。

結果は陰性。単なる風邪だろうと言われ、風邪薬を処方された。

翌朝、目が覚めると熱は四十度まで上がっていた。意識が少し朦朧《もうろう》とする。

翌朝も同じく四十度。さらには激しい頭痛にも見舞われ、身体の節々も痛み始めた。

再び病院へ赴く。解熱剤を処方され、しばらく安静にしているようにと言われた。

それからさらに三日が経ち、四日が経ち、一週間が過ぎた。

熱は三十九度から四十度を行ったり来たりし続けたまま、わずかも下がる気配がない。

医者は風邪だと言っていたが、発熱以外にいわゆる風邪の症状が全くないのが気になった。

くしゃみや咳《せき》、鼻水といった風邪の代名詞ともいえる症状がまず皆無。下痢や腹痛もなく、
私の場合、風邪といえば真っ先に症状の表れる、扁桃腺《へんとうせん》の腫《は》れも全くない。

逆にひどいのは発熱による頭痛と目眩《めまい》、それから全身の激しい痛みである。

一週間を過ぎたあたりで、さすがに本当に風邪なのかと疑い始めた。実家の母も不審がり、総合病院での再受診を勧めた。

八日目の朝、地元の総合病院へ赴いた。

ＣＴにＭＲＩ、腹部エコーにレントゲン。血液検査に尿検査。あげくの果てには便検査。半日かけて身体の内から外まで、ひととおり丹念に調べられた。

違うと言うのに、忌々しいほどに痛苦しいインフルエンザ検査も、またやられた。

結果はどこにも異常なし。身体は健康そのものだと診断された。

身体が健康なのは結構なことだが、自分が知りたいのは熱の原因のほうである。

尋ねてみたところ、医者は「むぅん」とひと声大仰にうなり、「分かりません」と答えた。

どうやら医学的見地では〝不明熱〟という症状に該当するものらしいが、なんのことはない。要するに医者の返答と同じく、病名自体も「分からない」という意味である。

結局、解熱剤と痛み止めを大量に処方され、もう何日か経過を診ましょうと言われた。

なんだか希望を打ち砕かれたような心境となり、医者の前で卒倒しそうになる。

暗澹《あんたん》たる気持ちで会計の順番を持っていると、体調はますます悪くなるように感じられた。座っていることさえ困難だったので待合ロビーのソファーに横たわり、頭の痛みをこらえる。

意識は終始朦朧としており、思考もまともに働かない。

こめかみがばくばくと脈を打つたび、刺すような痛みが脳に走る。頭の中に心臓と虫歯が両方いっぺんにできたかのような、ひどい動悸と痛みである。

横になってうめいていると、どこからかぼそぼそと女の声が聞こえているのに気がついた。ロビーはひと気が多いため、女の声が聞こえるぐらい別段不思議なことではない。

しかし、声はどうやら私のほうへ向かって発せられている。そのような印象だった。

声の元を耳で探る。近い……。どこだと思い、難渋しながら重たいまぶたをこじ開ける。

目の前にいた。

私が横たわる、前列のソファー。狭々としたその下に、女がもぐりこんで横たわっていた。

髪の長い、顔が蒼《あお》ざめ痩《や》せこけた、ひどく醜い女である。

女は私の顔を見ながら、ぼそぼそと小声で何かをしきりにつぶやいていた。

女と目が合う。

気味が悪いとは思ったが、再び目をそらす気力もなく、そのまま視線が釘づけとなる。

ぼそぼそぼそと、乾いてかすれた女の声が耳朶《じだ》を打つ。そのまま黙って聞いていると、しだいに何を語っているのか聞きとれるようになってきた。

「しぬしぬしぬしぬ。きっとしぬ。しぬしぬしぬしぬ。きっとしぬ」

虚《うつ》ろな目をしながら、女はこんなことを呪文《じゅもん》のように繰り返しなんべんもつぶやいていた。

黙って女の言葉を聞いていると、本当にそうなるかもしれないな、などと弱気になった。

女は結局、会計が終わって私がソファーから起きあがるまで、同じ言葉を繰り返し続けた。なすすべもなく無言で聞き続けていたが、抵抗する気概すら、もうすでに私にはなかった。

母の運転で自宅へ戻る途中、通い慣れた農免農道の道端に男が立っているのが目に入った。男の顔は右半分が完全にひしゃげ、食いかけのイチゴのようになっていた。

なんだか今日はやたらと視《み》る日だな。

そんなことをぼんやりと思いながら、自宅まで送り届けてもらった。


さらに一週間が経った。

熱が下がる気配は一向にない。

この頃には発熱の影響による全身の痛みがさらにひどくなり、頭と関節以外にも目とあご、あげくは睾丸《こうがん》までもが始終激しく痛んだ。

解熱剤と痛み止めを飲んでも効果は微々たるもので、気休めにしかならない。

相変わらず原因も分からず、病院にはほとんど薬をもらうために通うようなものだった。

その日も薬が切れそうだったので、妻と母のふたりがかりで病院へ連れていってもらった。

受診後、待合ロビーでソファーに寝そべり伸びていると、急に吐き気をもよおした。

熱にやられて胃腸もすっかり弱くなっていた。食欲もなく、無理に食べても吐いてしまう。

家を出る前に無理やり詰めこんだ朝食が、どうやら逆流しかけているようだった。

ふらふらしながらもどうにか起きあがり、壁際の手すりにつかまりながらトイレを目指す。手近なトイレへたどり着き、ドアを開けると中は真っ暗だった。省エネのため、どうやら使用時以外は消灯しているようである。

中へ入り、入口近くのスイッチをぱちんと押す。

とたんに足元で何かががさがさと、音をたてて蠢《うごめ》いた。

看護師の女だった。

四《よ》つん這《ば》いになった看護師が床の上をゴキブリのように這いずって、物凄《ものすご》い速さで個室の中へ消えていくところだった。

看護師が消えたのはいちばん手前の個室。当然、中になど入りたくもない。

しかし胃袋のほうも限界だった。少しでも気を抜いたらこの場で吐いてしまいそうだった。

仕方なく看護師の入った個室へ駆けこみ、便器の前にへたりこんでげーげーとやる。

すっかり吐き終わって顔をあげると、うしろからぽんと肩に手が載った。

見たくなかったので、そのまま振り返らずにトイレを抜けだす。

手はトイレを出るまで、肩の上に載っかっていた。

帰り道、いつもの農免農道を走っていると、道の真ん中に黒いライダースーツを着た男が仰向《あおむ》けになって倒れていた。

何十年も昔にバイクの死亡事故があった現場である。道端には慰霊用の地蔵も立っている。

このまま轢《ひ》いても大丈夫だろうと思ったので、ハンドルを握る母には黙っていた。

案の定、車が男の真上を通過しても、なんの衝撃も感じない。

ミラー越しに後方を見やると、男の姿はすでに消えていた。

農道を過ぎ、自宅にいたる坂道の入口付近では、頭の異様に大きな獣を見た。

犬のような頭に猫のような身体つきをしているのだが、頭の大きさが人間の三倍ほどある。

獣は車の前を駆け抜けるように横断すると、草むらの中に消えていった。

今日もやたらと視る日だと思ったが、視過ぎだとも思った。

無防備

またさらに一週間が経った。

熱は相変わらず、下がる気配が全くない。

この日は朝から両目が異常に痛んだ。目の痛みは以前から続いていたが、この日の痛みは言うなれば、五寸釘でひたすら目を突かれ続けるような激痛である。

とても我慢ができず、妻と母に抱えられ、朝いちばんで眼科を受診することにした。

診察室に通されると、部屋の中央に置かれた大きな机の向こうに、医者が座っていた。

検査を行う関係からか、室内は電気が消され、ほとんど真っ暗である。机の上に置かれた電気スタンドが、唯一の光源だった。

傍らに付き添う看護師にうながされるまま、机を挟んで医者と向かい合わせに座る。

医者の肩越しに薄暗く見える後方の壁には、巨大な看護師の絵が描かれていた。

頭が胴体と同じくらい大きく、体形はほぼ三頭身。口は耳まで裂け、目は猫のように丸く、左右の瞳《ひとみ》の焦点が合っていない。片方は天を見あげ、もう片方は自分の鼻を見つめている。

同じく手足の長さも左右ばらばらで、指の数も滅茶苦茶である。

抽象画というよりは児童画に近い趣だった。しかし子供の描いた絵にしては不気味過ぎる。なんだか映画『サスペリア2』に登場する、心を病んだ子供の描いた絵に雰囲気が似ていた。要するにホラーテイストなのである。眼科の診察室に描くような絵ではないと思った。

絵はほとんど天井すれすれまで、めいっぱいに描かれていた。ナースキャップの頂点からつま先まで、看護師の身長はおよそ二メートル近くもある。

なんでこんなものを……と思っていた矢先に、医者が私の目の前に妙な機械を差しだした。三脚に乗っかった双眼鏡の親分みたいな機械である。

目を当てて中を覗《のぞ》くようにと言われたので、黙ってしたがった。

顔を近づけ、ずきずきと痛む両目を双眼鏡に押し当てる。

検査が始まってしばらくすると、部屋の空気が微妙に変わったような感じを受けた。具体的に表現するのは難しいのだが、肌の上に絶え間なく、粉状にすりおろしたガラスの破片をふりかけられるような感じである。

一旦《いったん》、目を離してもよいと言われたので、双眼鏡から離れた。

顔をあげたとたんにぎょっとなる。

看護師の絵が頭のほうからべろりと剥《は》がれ、こちらに向かって身を乗りだそうとしていた。

「もう一度、中を覗いてください」

驚愕《きょうがく》しているところへ、医者から再び指示がでる。

看護師は肩から腹辺りまでが壁から剝がれ、前傾姿勢のようになり始めている。身は薄く、紙のようにぺらぺらである。しかし、壁に貼られた絵が剝がれたわけではないのだった。

看護師の両目は、ぐるぐると渦を巻くようにせわしなく動いていた。

絵ではないのである。そもそもこの世のものですらもない。

了解したとたん、痛む両目と熱で弱った心臓が、同時にばくん！　と脈打った。

「早くしてください」

医者にせっつかれ、再び双眼鏡へ両目を押しつける。しかし内心、気が気ではなかった。

このあとの展開が、手にとるように分かったからである。

おそらくもうまもなく、看護師の身体は壁から全て剝がれるのだろう。その次はおそらくこちらへ向かってまっすぐに接近してくる。

そしてそのあとは――そのあとのことなど考えたくもなかった。

代わりにこの時初めて、自分がどれだけ無防備な状態にさらされているのかを思い知った。

長引く高熱と全身の痛みで、身も心も今やすっかり消耗しきっている。先日、総合病院の待合ロビーで絡んできたあの女の時も、トイレの中で出くわした四《よ》つん這《ば》いの看護師の時も、私は一切の抵抗をしていない。

否《いや》。厳密にはしていないのではなく、できなかったのである。

普段ならば、健全な状態であるならば、このような局面でもなんらかの対応はできる。

心の中で印を結ぶなり、祓《はら》いをするなり、経を唱えるなり、本職なりの対応ができる。

平素はそのようにして、危険を感じれば即座に身を守るようにしている。

ただ、今はもうそんな気力すらも残されていなかった。

今現在、私は怪異に対して全くの無防備状態なのだと、この時ようやく理解する。

発熱しているにもかかわらず、全身の血の気がすっと引いて、背筋が冷たくなった。

「一旦、目を離してください」

医者の指示に脊髄《せきずい》反射で顔をあげ、あわてて前方を確認する。

目の前に、いた。

巨大な看護師の落書きが、すでに私の眼前、二十センチほどにまで接近していた。

落書きは薄っぺらい身体を前後にゆらゆらと波打たせながら、大きな頭を前のめりにして、無言で私をじっと見おろしていた。

大きく丸い目の中では、黒い瞳がぐるぐると、気ぜわしく駆けずり回っている。

とっさに顔をそむけようとしてみたが、向こうのほうが早かった。

耳まで裂けたいびつな口がくわっと大きく開いたかと思うと、目の前が一瞬真っ暗になる。

看護師の顔が、私の顔にめりこんだのだった。

緞帳《どんちょう》があがるかのように、再び視界がぱっと戻る。

しかし今度はゴシャゴシャと、アルミホイルを揉《も》みしだくような音が耳の中で爆《は》ぜ始めた。

同時に身体が左右に激しくぐらつき始める。まるで全身が荒波に揉まれているかのような、それは抵抗しようのない強い感覚だった。目の痛みも一層ひどいものになる。

次の瞬間、ホイルを揉みしだくような音がゴシャゴシャガシャゴシャッ！　と、耳の中で一際大きくなったかと思うと、ふいにぴたりと立ち消えた。身体の揺れも嘘のように治まる。

ぷはっ、と口から息を吐きだしたあと、ようやく自分の身に何が起きたのか、了解できた。

私の身体にめりこんだ看護師が、そのまま身体の中を通り抜けていったのだった。

時間にすれば、わずか数秒の出来事だったと思う。

ふらふらしながら背後を振り返ってみると、ぺらぺらの看護師がこちらに背中を向けて、向こう側の壁の中へ消えていくところだった。


眼科の受診結果は結局、不明。小さな点眼剤を一瓶渡され、帰ることになった。

目の痛みは一向に引かず、ほとんど看護師の落書きに襲われに来たようなものだった。

帰り道、窓から外を見渡すと、そこかしこにこの世ならざる者たちの姿を認めた。

枯れた田んぼの真ん中にぽつりと佇《たたず》む、素っ裸の女。

路傍に建てられた馬頭観音の石碑の上に留まる、老人の生首。

腹から飛びでた腸を引きずりながら、歩道を歩く男。

空を見あげれば絣《かすり》の半纏《はんてん》を着た小さな子供が、くるくると宙を舞っている。

平素も何かの弾みでこんなものを目にすることは、たまにある。

けれども平素はなるべく視《み》ないように努めている。確実ではないが、拝み屋を始めてからある程度それができるようになっていた。

意図的に視ないようにするための、チューニングのようなものがあるのである。

それがすっかり駄目になっていた。


結局、帰宅するまでに四十体以上の異形《いぎょう》を視た。

車でたかだか数十分の距離なのに。

その日から、外に出ることがたまらなく恐ろしいものになった。

何かに出くわしても、自分は何もできないのである。怖くて怖くてたまらなかった。

熱も一向に下がる気配がなく、もしかしたらこのまま死ぬかもしれないとも考え始めた。

発熱開始から三週間。

身体を蝕《むしば》み続ける高熱の脅威。見えざる者への対抗手段を失ってしまった恐怖と絶望感に、私の心はそろそろ限界を迎えようとしていた。

境界線の欠落のある風景

発熱開始から六十日ほどが過ぎた。

熱は全く下がらない。

長引く熱に気力も体力も完全に衰え、妻に向かって「もう一度、水族館に行きたかった」「守ってやれずにすまなかった」などと、先のない言葉をつぶやくようにもなっていた。

およそ週に一度のペースで、通院も繰り返していた。

相変わらず行きも帰りも病院の中でも、視《み》たくもないものを大量に視せられた。

全ては書ききれないので、未《いま》だに脳裏に焼きついて離れないものだけを抜粋してみる。


病院の診察が終わり、待合ロビーのソファーで寝そべっていた時。

突然、頭をぼかりと殴られ、反射的に顔をあげた。見ると背もたれの裏側から蛇のように長くて真っ白い腕が伸びていて、私の頭上で握《にぎ》り拳《こぶし》を作っている。

視認した瞬間、拳が再び振りおろされ、私の脳天を直撃した。目の前に星が飛ぶ。

痛みと驚きにうめきながら上体を持ちあげると、ソファーの裏には誰もいなかった。

別の日。

診察の順番を待ちながら中待合室の長椅子に座っていると、近くに座っていた老人が突然、床の上へ身を投げだすようにばったりと倒れた。

続いてそばにいた看護師から悲鳴があがる。うつ伏せに倒れこんだ老人の元へと駆け寄り、「大丈夫ですか！　大丈夫ですか！」と肩を揺さぶる。老人はぴくりとも動かない。

そんなに揺らしたら危ないいんじゃないのか。

病み疲れた頭でも思わず心配してしまうほど、看護師は老人の肩を激しく揺さぶり続けた。

がくがく、がくがくと、老人の身体が揺れ動くたび、看護師の身体も前後に大きく揺れる。

がくがく、がくがくと、ふたりの動きが加速度的に速まっていく。

輪郭が霞《かす》んでしまうほど揺れが激しくなったところで、ふたりの姿は溶けるように消えた。


病院の帰り道。

私の昼食を買うため、母がコンビニに車を停めた。食欲もほとんどないのだが、プリンやゼリーなど、のどの滑りがよいものならわずかに食べることができた。

朦朧《もうろう》としながら助手席に身を投げだしていると、一分ほどして運転席のドアが開いた。

急いでくれたのだなと思い、顔を向けると、見たこともない女が運転席に座っていた。

おかっぱ頭の、若い女である。

女には目玉がなかった。ぽっかりと丸く開いたふたつの眼窩《がんか》には、代わりにハサミムシがぎゅうぎゅう詰めになって蠢《うごめ》いていた。

買い物を終えた母が車に戻ると、女は私の目の前で霧のように掻《か》き消えた。


また別の日。

病院の帰り道、交差点で信号待ちをしていると、どこかでずどーん！　と大きな音がした。事故でも起きたのかと思い、車の窓から外を見やる。

そこへ再び、ずどーん！　と轟音《ごうおん》が鳴り響く。反射的に音のしたほうへ目を向けてみると、歩道に背広姿の中年が立っていて、私をまっすぐ見つめていた。

背広の色は紺色。ほっそりとした体形の小男で、頭はバーコード状にはげている。

男は私を見つめたまま、口をＯの字に大きく開いた。痩《や》せた胸板がすうっと大きく膨らむ。

とたんに、ずどーん！　と落雷のような重低音が、私の鼓膜を突き刺した。

どうやら音は、男の口から発せられているものらしい。ただ、人の放つような音ではない。

目を合わせてしまったことを後悔しながら、あわてて男から顔をそむける。

ずどーん！　は信号が青になって車が発進したあとも、しばらく背後から聞こえていた。

朝、病院へ向かう途中。

通い慣れた農免農道の脇に広がる墓地の中で、子供たちが遊んでいた。

小学校低学年ぐらいの年頃で、どの子も半袖、短パン姿である。全部で七、八人ほどいた。

目にした瞬間、すぐさま視線を子供たちからそらす。

陽気は少しずつ春めいてきているとはいえ、まだ彼岸前である。路肩には雪も残っている。

こんな時節にあんな寒々しい格好で遊び回る子供たちなど、見たくもなかった。

けれども車が墓地の前に差しかかると、子供たちが奇声をあげてこちらへ駆けだしてきた。

「ころすぞー！」「ころすぞー！」「ころすぞー！」「ころすぞー！」

明るく弾んだ声でそんなことを叫ばれながら、私は助手席に縮こまって震えあがった。


この世ともあの世ともつかぬ曖昧《あいまい》な光景が、ほぼ連日、日常の中に展開した。

なすすべもなく、出くわすものの大半に好き勝手な所業を受けるのがたまらなく怖かった。

丸腰でサファリパークに放りだされたかのような絶望感を、外出のたび、ひしひしと感じた。

だがそれ以上に、自分の正気を疑い始める自分がいるのが恐ろしかった。

容態がどうであれ、本来ならばこんなものは、常人の目に決して視えないものなのである。

もはや夢と現《うつつ》の境界もはずれ、いよいよ頭が駄目になりかけているのではないかと、本気で不安にもなった。

そんな毎日が続いた、ある夜のことである。

深夜一時過ぎ、熱に浮かされ目が覚めた。

就寝前に飲んだ解熱剤が切れたのである。もうずっと前からこんな状態が続いていた。起きていてもつらいだけだから、とにかく少しでも長い時間眠ろうと努める。しかし薬が切れると、痛みと不快感でとたんに目が覚める。こんなことが毎晩繰り返されていた。

一度目が覚めると、薬を飲んでも眠ることは困難だった。どうすることもできず、布団の中で朝まで延々とうめくことになる。

夜が明け、身体も心も限界近くまで消耗すると、ようやく二、三時間ほど失神するように眠ることができた。今夜もそれまでの間、ひたすら辛抱するしかないと思った。

しばらく布団の中で身をよじっていると、そのうち激しい吐き気に見舞われた。就寝前に無理やり詰めこんだ晩飯が、逆流し始めたようだった。

のろのろと布団を抜けだし、立ちあがろうとするが、どうしても膝が持ちあがらなかった。もはやまともに歩くことさえできなくなったのかと思い、薄黒い気持ちになる。

隣で眠る妻に声をかけようともしたが、まともに声もだせなかった。妻の肩口を揺さぶる手にもまるで力が入らない。そんなことをしているうちに吐き気はますます激しくなった。

仕方なく廊下をずりずりと這《は》いながら、独りでトイレへ向かった。

冷たく冷えきった床板に難渋《なんじゅう》しながらも、どうにかトイレへたどり着く。

便座の前まで這い寄ると、堰《せき》を切ったかのように胃の中身が放出される。

空になるまで吐ききると、トイレの床へ崩れるように倒れこんだ。

寒いから、早く布団に戻りたいと思う。しかし身体は全く言うことを聞いてくれなかった。

手にも足にも力が入らず、頭と胴が石のように重く感じられる。

しばらく起きあがろうともがいていたが、そのうち気力も萎《な》えてしまい、結局あきらめた。

火の気のない深夜のトイレの床上で、エビのように丸くなって寒さをしのぐ。

電話を持ってくればよかった……。

そんなことを考えながら寒さに身を震わせていると、トイレの窓に人影がさした。

どうせよからぬものだと分かっているのだが、凍える身体が無意識に救けを求めた。

生きている人なら気づいてほしいと思ったのである。

見あげてみると、生きている人でも、死んでいる人でもなかった。

闇夜に黒く染まった磨《す》りガラスの向こうに、肌色をした顔のシルエットが貼りついている。

髪は黒く、おそらくとても長い。にやにやと大きく裂けた口の形に、見覚えがあった。

加奈江だった。

磨りガラスに鼻先をべったりと貼りつけているから、目やあごの輪郭もぼんやりと分かる。相手が誰だか分かるなり、丸めた身体がさらにぎゅうっと小さく縮こまった。

つい何ヶ月か前、年の暮れに仕事部屋の窓を加奈江に叩かれたばかりだった。

あの翌朝、もしかしたらこんなことになるのではないかと、危惧《きぐ》はしていた。仕事部屋の窓の外に残された雪の足跡はその後、どこにも行った気配がなかったからだ。

やっぱり近くに隠れていやがった……。

恐ろしさと絶望感で、空になった胃袋が激しく痙攣《けいれん》を起こした。

おそらく向こうはもう、こちらの存在に気づいている。

気づいているからこそ、窓に顔を貼りつけ、突っ立っているのである。

ただ、そうは知っても身体は全く言うことを聞いてくれない。逃げられないのである。

身を縮め、息を殺し、窓から視線を少しだけずらす。向こうを決して直視しないよう努め、視界の端で加奈江の動向をそっと探る。

加奈江はガラスに鼻を貼りつけたまま、しばらく無言で笑い続けていたが、そのうち急に踵《きびす》を返すと、そのまま闇の中へと消えていった。

時間にすると、おそらく一時間ほどだったと思う。

まだ何か仕掛けてくるのではと思い、姿が消えたあとも警戒していたが、杞憂《きゆう》に終わった。

結局それっきり、加奈江が姿を現わすことはなかった。

早朝になり、目覚めた妻にようやく私は助けだされた。

身体が芯まで冷えきったため、かなり消耗したのだと思う。布団に連れていってもらうと、珍しく丸一日、ぐっすり眠り続けることができた。

目が覚めると、すでに外は日が暮れかけている。

相変わらず身体はだるく、意識は朦朧としていたが、気分はそんなに悪くなかった。

両腕に力をこめて身体を持ちあげてみると、なんとか上体を起きあがらせることができた。

昨夜よりはまだいくらか体調がよいという証《あかし》である。

ためしに立ちあがってみたが、大丈夫だった。足元はかなり危なげでおぼつかないものの、どうにか自分の足で歩くことができる。

発熱して以来、しばらくの間、仕事部屋に行っていなかったので、なんとなく気になった。

ふらつく足で廊下を渡る。

普段は自分のことなど拝みもしないのだが、困った時のなんとやらである。

少しでも加減のよい今を見計らって、病気祓《はら》いの祈願でもやってみようと考えた。

仕事部屋の障子を開けて、中へと入る。

入った瞬間、口から勝手に悲鳴があがった。

始末

祭壇の前に、私自身が背を向けて座っていた。

仕事の際に着る、黒い着物に身を包んでいる。


ついにこんなものまで視《み》るようになったか――。

この数ヶ月、生者も死者も、あるいは夢も現《うつつ》も綯《な》い交《ま》ぜになった世間を散々見せつけられ、とうとう行き着いた先が、これである。

ドッペルゲンガー。いわゆる死の前兆。視えるままに受けとるならば、そのようになる。

昨夜の加奈江も然《しか》り、これ以上わけの分からないものを見るのはもううんざりだった。

私はまだ生きている。こんなものを見せられるのは、はなはだ不本意なことだった。

なんだか無性に腹が立ち、そのまま祭壇前の自分に向かってずかずかと歩きだす。

もうひとりの私は祭壇に向かって、どうやら手を合わせているようである。

縁起でもない。ふざけるなという気持ちになり、私は私に接近する。

肩をつかみあげようとしたところで、ふっと私の姿が消えた。

安堵《あんど》とくやしさが入り混じった奇妙な感情が、胸の辺りでどろどろと渦を巻く。

私がいなくなった祭壇前に、私はどっかりと腰をおろす。

大層気味の悪いことに、座布団は生ぬるく温まっていた。

気を鎮め、どうにか拝めるように神経を整え始める。だが、駄目だった。

こめかみ辺りがざわざわとして落ち着かず、どうしても祭壇に集中することができない。

集中できない代わりに、先ほど垣間見《かいまみ》た自分自身の姿が、頭の中に何度も再生された。

一体何を拝んでいたのかと思う。なぜかそればかりがやたらと気になる。

祭壇前の机に並ぶ燭台《しょくだい》や香炉、御鈴《おりん》をつぶさに点検していく。特に異常は感じられない。

祭壇上に置かれた供え物や花、水晶などにも目を凝らしてみたが、特に怪しい様子もない。

そのうちに自分が本当に気になっているのは、先ほど目撃した自分自身の姿などではなく、
祭壇周辺に漂う奇妙な気配だということに気がついた。

何かが以前と違う。座っているととても居心地が悪い。そんな感じがして仕方がなかった。

違和感の正体を突きとめるべく、祭壇周囲をさらにくわしくあらためてみる。

祭壇上に掛けられた掛け軸、祭壇脇に置かれた冷風機、その反対側に並べられた仕事道具。

やはりどこにも異常はない。

ただ、それでもやはり、気持ちの乱れは収まらなかった。絶対に何かがおかしいのである。

祭壇上の敷き布をめくって、中を覗《のぞ》きこむ。

とたんに「うわっ！」と悲鳴があがった。

祭壇下の薄暗い闇の中に、無数の顔がひしめき合って蠢《うごめ》いていた。

すぐさま弾《はじ》かれたようにその場を退き、祭壇から遠ざかるべく身を離す。

弱った身体に動悸《どうき》が速まると、そのまま失神してしまいそうなほどつらかった。

間違いない。こんなものが蠢いているのだ。祭壇の違和感は、この下にあるのだと踏んだ。

しかし、原因が分からない。

祭壇下には、普段あまり使わないお祓《はら》い用の祝詞《のりと》や経文《きょうもん》、過去の資料などをまとめた箱が整然と収められている。別におかしなモノを呼びこむ物など、何も置いていないはずだった。

他にあるのは、無粋な客が置き去りにしていった石類をまとめた箱くらいのものである。

石。

思いだすなり、ぴんときた。

深呼吸をし、どうにか気を落ち着かせ、恐る恐るもう一度、敷き布の端をめくりあげる。

ゆっくりと慎重に中を覗きこんでみたが、蠢く顔は、もうひとつも見えなくなっていた。

安堵の吐息を漏らしながらめくりあげた敷き布を固定し、しっかり中が見えるようにする。

石の詰まった箱を手早く引きずりだし、蓋《ふた》を開けて中を覗きこむ。

瞬間、本日三度目の悲鳴が盛大にあがる。

野球ボール大の丸い石が、鮮血のごとく真っ赤に染まって爛々《らんらん》と輝いていた。


色こそ違っていたがサイズと形で、なんの石であるのかはすぐに分かった。

二月上旬の早朝。あのおかしな女が私に無理やり押しつけた、奇跡の石とやらである。

同じく先ほど、祭壇下で蠢いていた顔がなんであったのかもようやく思いだす。

あの女の車にぎっしりと、押《お》し寿司《ずし》のようになってひしめき合っていた顔である。

石は線香花火の火種のように、じゅくじゅくと表面をわずかに泡立たせながら輝いていた。

どうしたものかと身がまえていたところへ、妙案が浮かぶ。

箱に蓋をかぶせると、私は妻を呼んで車の準備をさせた。


寝巻き姿のまま箱を抱え、玄関を出る。

明日はちょうど、不燃ゴミの日だった。あとから返せと言われようが知ったことではない。

こんな薄気味の悪い石をこれ以上家に置いておくなど、まっぴらだった。

助手席に乗りこみ、妻の運転で地区のゴミ捨て場へ向かった。

今まで預かる羽目になった他の石も含め、箱ごと全部置いてくる。

石を始末して安堵したせいか、帰宅すると再び眠気が差してきた。

布団へ戻って横になると、日中あれだけ眠ったはずなのに、すぐさま意識が遠のいていく。

結局、私はその晩、一度も目覚めることなく朝までぐっすりと眠り続けた。


翌朝。目覚めると、身体が少し軽くなっているような感じがした。

熱を測ると、三十七度八分。

平熱からはほど遠いが、それでも解熱剤なしで三十八度台を割るのは初めてのことだった。

熱はその後、日を追うごとに少しずつ下がり続け、五日ほどで平熱に戻った。

念のため、再び病院へも行ってみたが、医者の判断により通院生活は一応の終了となった。

病名は結局、最後まで「不明熱」のままだった。

平熱状態が一週間ほど継続されたのを目処《めど》に、私自身もようやく治ったのだと確信を得る。

同じく、熱が引いてからは無闇に怪しいモノを見かけることもなくなった。


拝み屋とはいえ、平素は何もかもを不可思議な現象にこじつけるのは好まないたちである。

だが、この発熱に関しては、嫌でも石の仕業と判じざるを得ない不審な点が多々あった。

石はおそらく、私が熱に浮かされ苦しみ続けている間中ずっと、祭壇下の暗闇でひそかに輝き続けていたのだと思う。

それだけでも十分過ぎるほど不審だし、不気味でもあるのだが、問題はタイミングである。石を処分したとたんに熱が引くなど、あまりにもでき過ぎている。というのがまず一点。

加えて発熱が始まる直前の二月半ば。若い夫婦の相談客が、妻の喪服姿を目撃したという話を思いだす。あれは、石を受けとってからまもなくのことだった。

当初はもしかしたら、近いうちに妻の身に何か起きるのではないかと警戒していたのだが、実際に何かが起きたのは、言うまでもなく私自身のほうである。

考えてみれば、そうなのだ。あれが妻の身に何かが起こる前兆ならば、妻は喪服ではなく、むしろ白装束を着ていなければならないのである。

虫の知らせ、という現象がある。

不吉な出来事を先んじて感じたり、その前触れを不可解な事象で察知させるものである。今振り返ればあの喪服姿は、その後に死にゆく私への〝生前供養〟だったのではないか？縁起でもない話だが、そのように解釈すると妙につじつまが合ってしまう。これが二点目。

それから最後にもう一点。石を受けとる際のやりとりが、思い返される。

あの冬の早朝、我が家を訪れた件《くだん》のおかしな女は、石のことを〝奇跡の石〟と呼んでいた。ただしイントネーションが微妙におかしく、「きせき」の「せき」の部分のアクセントがわずかにあがるように発音していた。

だから本当は奇跡の石ではなく――鬼籍《きせき》の石、と女は言っていたのではないか。

私にはどうにも、そのように思えてならなかった。

しばらく経ってから同業の先達にこの話をしたところ、こんなことを教えられた。

「そうやって同業を潰《つぶ》そうとする輩《やから》も、この業界には多いんだ……」

真相はもう藪《やぶ》の中だが、言葉どおりに受けとれば、私は殺されかけたことになる。

ある人形と、花嫁の話

語ろうとすると、あるいは語り始めると、かならずなんらかのアクシデントに見舞われる。

そんな事情で、これまで一度たりとも全容を語り尽くせなかった話が、実はある。

ある人形と、花嫁にまつわる話である。


最初の異変は、不定期で開いていた怪談会の席だった。

話を語り始めてまもなく、出席していた女性の携帯に家族の訃報《ふほう》を知らせる連絡が入った。

泣きながら帰宅する彼女の姿に場はしんと静まり、それ以上話が続けられなくなった。

日を改め、またこの話をしようと会を催した。ところが当日になると参加希望者の大半が熱や怪我など様々な事情で欠席となり、会そのものが流れてしまったこともある。


当時、ネット上の自サイトで連載していた怪談コーナーへこの話を掲載しようとした際も変事に見舞われた。全体のおよそ半分まで書き進めたところで、ＰＣが故障したのだ。

電源は入るのだが、しばらくするとブラウザが暗転して一切の操作を受けつけなくなる。

購入から七年近くも酷使してきた老朽品だったし、寿命と言われればそれまでの話である。ウィルスに感染した可能性も否定できず、私自身も初めはそのように割りきりもした。

異変を察したのは新たなPCを購入し、故障したPCからデータの救出を行った際である。ほとんどのデータは無事回収することができたのだが、件《くだん》の「人形と花嫁にまつわる話」の原稿だけが、どうしても見つからなかった。

一話一話、別々の文書ファイルに保存していたのならば、何かの弾みで当該の原稿だけが消失するということもありえると思う。しかし、当時私が連載していた怪談は、全て同一の文書ファイル内に保存していた。

ちなみに同話は内容の長大さから、半分ほど執筆するのにおよそ二週間を費やしている。言うまでもなくデータは毎回保存していた。

その二週間の間、ネット連載用の他の怪談も同一ファイルの中で執筆・保存している。だから同じ文書ファイルの中から〝この話だけが〟選んだように消えることなど、絶対にありえないのである。

それからおよそ半年後。

性懲りもなく、改めて一から原稿を書き直そうと、新しいPCに文書ファイルを作成した。ところがいざ執筆を開始すると、遅々として筆が進まない。

別に筆が止まるのではない。ファイルを開いてしばらくするとPCの動作が重くなったり、フリーズしたりするなどのトラブルにほぼ毎回見舞われるのである。

いらいらしながらもその都度デフラグやクリーンアップを試みたが、改善はされなかった。むしろPCの動作は日増しに悪化の一途をたどり、不安定になる一方だった。

ただし不安定といってもPC全般の動作が、ではない。

インターネットや電子メールは常時快適に使用することができたし、他のソフトウェアやアプリケーション全般に関しても、動作に異常を感じることは全くない。

文書ソフトに関してもそれは同じだった。

同時進行で執筆していた他の怪談をどれだけ触ろうと、異常が起きることはない。トラブルが発生するのはあくまでこの話を執筆している時だけ、なのである。

これに気づいた段階で、実は薄々感づいてはいた。

ああ、書かれたくないのだろうな、と。

しかしそれでも辛抱強く、あるいは執念深く、私はひたすら書き続けた。ほとんど意地になっていた。

案の定、書けば書くほど、話が先へ進めば進むほど〝この話を書いている時だけ〟PCのパフォーマンスが露骨に低下していくのが分かった。

そして前回と同じく二週間ほど書き進めた頃、果たして二度目の故障は起きた。

症状も前回と同じだった。違いはひとつ。一台目が七年使いこんだ老朽品だったのに対し、二台目のこのPCは購入からわずか半年足らずの新品だということである。

メーカーに修理を依頼したが、原因は不明とのことだった。

修理が終わり返却されてきたPCからは、やはり当該の原稿のみが消失していた。


その後も数度、個人依頼の怪談会でこの話を語ろうとしたことがある。

結果はいずれも惨敗。

当日になると、先方の都合が折り合わずキャンセル。話している途中で急用の電話が入る。以前の怪談会の席と同様、どうしても最後まで語りとおすことができない。

そのうち、客のほうでも気味悪がる者が増え始めた。最後まで語ったら何か悪いことでも起きるのではないか？　そんな声もあがりだした。

おのずと、この話の全容を聞きたいと望む者もいなくなる。

拝み屋という立場上、私自身も聞き手の不安を過剰に煽《あお》るような話は避けるべきと判じた。以後、この話はしばらくの間、封印怪談として私の記憶にのみ留《とど》まる存在となった。

事態が一転したのは、昨年の暮れ近くだった。

一冊目の単著を執筆するにあたり、この話の全容を掲載することになったのだ。

文章として書き起こすのは、これで都合三度目となる。話の筋は完璧に頭に入っていた。筆の進みも具合よく、途中までは手慣れた作業だった。

ところが半分ほど書き進めたところで、担当の編集者からメールが届いた。

全体の枚数をなるべく減らしたいので、もう一度構成を考え直しましょうとのことだった。

「人形と花嫁にまつわる話」は、それなりに長大な怪談である。原稿用紙換算で軽く二百枚、あるいはそれ以上におよぶ可能性もある。

確かに怪談集の一編として収めるには、非常にバランスの悪い作品なのである。

結局、全体における構成の関係で、一冊目に準備していた他の原稿の大半も現状保留とし、ほぼ全篇書き直しという対応で、本書は書き進められた。

厳しいスケジュールの中、執筆作業は困難を極めたが、結果的には文章を書くにあたっていろいろとよい修業も積めたし、出版社側の意向に対しては異論も不満も何もない。

むしろ多大な感謝をしているくらいである。

ただ。

ここまで書き進めて、ようやくはっと気がついたことがあり、実は戦々恐々としている。

またしても私は、この話を最後まで書きあげることができなかったのである。

花嫁を見る

結局、「人形と花嫁にまつわる話」は、一旦仕切り直しという話になった。

とりあえずのところ、あわやお蔵入りという危機だけはどうにか免れた形である。

とにかく今度こそはきちんと形にしてやる。そんなことを意気ごみながら、現在本格的に執筆作業を再開している。

だが、努めて前向きな意気ごみとは裏腹に、実は多少の不安も抱えていた。

これまで、書こうとするたび、語ろうとするたび、露骨なまでに障害が頻発した話である。全てを書きあげたら果たして何が起きるのか……。全く想像のつかない部分が多々あるのだ。同じく、執筆中も決して油断はできない。〝原稿の消失〟という、ある意味最悪の怪異が発生するのが、この話の特徴なのである。

しかも今回は個人発表による趣味の文章ではない。出版社の企画として製作が進められる商業作品である。「途中まで書いたけれども、結局また消えました」では話にならない。

念には念を……ということで、今回は書き始めから複数の記録媒体に文書ファイルを保存。完成した原稿は随時、担当へ送信するという形で執筆を続けている。

予想したとおり、後半部分を書き始めた段階でPCに保存していた元ファイルが消失した。

やはりバックアップをとっておいて正解だったと冷や汗をかく。

重ねて幸いなことに、今回はPC本体の故障はなかった。

今後、故障しないとの保証は全くないが、保険としてフラッシュメモリーに保存していたデータを引き継ぎ、現在はどうにか作業を続けている。

他にも細々《こまごま》とした怪異が頻発しているが、それらはまた別の機会に詳細をつづる。

ただ、ひとつ。やはりこの話は別格だと感じさせられる出来事が最近あった。

その一幕を本書のトリとして紹介させていただく。


今年、二月の初めである。

夜の十時過ぎ、仕事部屋にこもって件《くだん》の「人形と花嫁にまつわる話」を執筆していた。

黙々と書き続けているところへ携帯電話が鳴る。

お客さんかと思ってでてみると、妻だった。

どうしたのかと尋ねると、妻には珍しく大きな声で「すぐに来て！」と叫ばれた。

具合でも悪くしたのかと思い、急いで妻のいる茶の間へと向かう。戸を開けて中へ入ると、コタツ布団を胸元までべろりと引きあげ、妻がコタツに座ってぶるぶると震えていた。

「今、何書いてるの？」

藪から棒にそんなことを言う。

わけが分からず、「なんなんだ？」と訊《き》き返すと、妻はこんなことを言いだした。

つい先ほどのことである。

茶の間でPCをいじっていると、仕事部屋から名前を呼ばれた。常々何か用事ができると

そのような無精を私はするため、妻は条件反射で立ちあがった。

だが、立ちあがってすぐにはっとなり、ぞくりと背筋が寒くなる。

呼んだのが私の声ではなく、聞き覚えのない女の声だったからである。

もしかしたら、仕事部屋に誰か来ているのかもしれない。

そんなことを思いながら、恐る恐る茶の間を出る。

私の仕事部屋は、家の正面側に面した廊下のいちばん奥にある。茶の間から廊下へ出ると、

仕事部屋のガラス障子から漏れる明かりが、廊下の奥にうっすら見えるという位置関係だ。

廊下に立って奥を見やると、仕事部屋の前に白い人影が座っていた。

よく見るとそれは、白無垢《しろむく》姿の花嫁だった。

あがりかけた悲鳴をどうにかぎゅっと、のどの奥へ絞りこむようにして押し戻す。

花嫁は薄暗い廊下の床板に正座をして、ガラス越しに仕事部屋の中をじっと見つめている。

部屋から漏れる薄明かりに、白粉《おしろい》に染まった横顔がぼんやり照らされ、浮かびあがっていた。

ぼやぼやしていると、こちらを振り向いてしまう。

頭の中で警報が鳴りだしたのと同時に、妻は飛びこむようにして茶の間へ戻った。


こんな流れのあとに、私の携帯電話へ連絡をよこしたのである。

妻は花嫁の姿をはっきり見たと言い張ったが、私が部屋を出る際にはすでに姿はなかった。

けれども、つい今しがたまで私が書いていたのは、例の「人形と花嫁にまつわる話」である。

なんとも薄気味の悪い話だとは思った。

当時、余計な心配をかけまいと思って、妻にはこの話を書いている旨は一切伝えていない。

のみならず、話の全容自体もこれまで一度たりとも語り聞かせたことがない。

こうなってしまっては仕方ないと判じ、現状の報告も含め、妻に全てを語ってみようと考えた。

茶の間の座卓を挟んで向かい合い、語り始めて五分ほどが過ぎた頃である。

ばちん！　という鋭い音とともに、家中が真っ暗になった。

ブレーカーが落ちたのである。

あわてて復旧させたが、再び電気のついた茶の間へ戻ると、妻はすっかり気が抜けていた。

無言のままぼろぼろと涙をこぼす妻の姿を見て、これ以上話を続けるのは不適切だと察する。

結局、またしても私は、この話を最後まで語ることができなかった。

正直なところ、妻は私がこの話を書くことに強く反対している。

単に自分が怖いから、というだけではない。書き終えたら、あるいは書いているさなかに私の身に何かが起きるのではないかと、多大に心配しているのである。

妻の言い分はもっともだと思う。心配なのは私だって同じである。

妻には黙っているが、実は現状においても私の身体には、いろいろと変調が発生している。

また、執筆中に発生する怪異も日に日に頻度が増してきているようにも思われる。

執筆の進捗状況でいえば、まだまだ初期と呼ぶべき段階でも、すでに斯様な有り様である。先にも触れたとおり、全てを書きあげてしまったら果たしてどのような事態が発生するのか。全く想像すらもつかないため、私自身も実は相当に恐ろしいのである。

そんな思いをしながらも、なぜ書くのか？　馬鹿ではないのか？

そのように思われる向きも、おそらく大勢あることかと思う。

なんのことはない。単なる意地である。執念と言い換えてもよい。

果たして私の執念が勝つか、〝あちら側〟の怨念《おんねん》が勝つか。長らく続く異様な拮抗《きっこう》状態にそろそろ決着をつけてやりたいと考えているのだ。

一度、世に話の全容が出回れば、それは私の勝ちである。話されては、記録に残されては困るからこそ、〝あちら側〟は執拗《しつよう》に邪魔をしてくるのである。

ただその一方で、この話を開示することによって、少なからず無念の晴れる故人もいる。

この話に介入した当初から、私は常に後者の味方であり続けてきた。

その気持ちは今でも少しも揺らぐことはない。


——語ることが、おそらく供養にもつながる。


そのようにも思う。だから私は書くのだと思う。

いつになるのかは分からないが、それでもいずれかならず、世に出したいと考えている。


その折にはぜひもう一度、お付き合い願えればと思う。

怪異を怪談に仕立てるのが、私の仕事。

その始末をまたしていただければ、幸いである。

本書は二〇一四年五月にＭＦ文庫ダ・ヴィンチより刊行された『拝み屋郷内　怪談始末』を加筆・修正・再編集のうえ、改題したものです。

拝《おが》み屋《や》怪談《かいだん》　怪談始末《かいだんしまつ》

郷内心瞳《ごうないしんどう》

角川ホラー文庫　21060

平成30年７月25日　初版発行
令和５年４月10日　５版発行

発行者——山下直久
発　行——株式会社KADOKAWA
〒102-8177　東京都千代田区富士見2-13-3
電話 0570-002-301（ナビダイヤル）
印刷所——株式会社KADOKAWA
製本所——株式会社KADOKAWA
装幀者——田島照久

●お問い合わせ
https://www.kadokawa.co.jp/（「お問い合わせ」へお進みください）
※内容によっては、お答えできない場合があります。
※サポートは日本国内のみとさせていただきます。
※Japanese text only

ISBN978-4-04-107216-5 C0193

角川文庫発刊に際して

角川源義

第二次世界大戦の敗北は、軍事力の敗北であった以上に、私たちの若い文化力の敗退であった。私たちの文化が戦争に対して如何に無力であり、単なるあだ花に過ぎなかったかを、私たちは身を以て体験し痛感した。西洋近代文化の摂取にとって、明治以後八十年の歳月は決して短かすぎたとは言えない。にもかかわらず、近代文化の伝統を確立し、自由な批判と柔軟な良識に富む文化層として自らを形成することに私たちは失敗して来た。そしてこれは、各層への文化の普及滲透を任務とする出版人の責任でもあった。

一九四五年以来、私たちは再び振出しに戻り、第一歩から踏み出すことを余儀なくされた。これは大きな不幸ではあるが、反面、これまでの混沌・未熟・歪曲の中にあった我が国の文化に秩序と確たる基礎を齎らすためには絶好の機会でもある。角川書店は、このような祖国の文化的危機にあたり、微力をも顧みず再建の礎石たるべき抱負と決意とをもって出発したが、ここに創立以来の念願を果すべく角川文庫を発刊する。これまで刊行されたあらゆる全集叢書文庫類の長所と短所とを検討し、古今東西の不朽の典籍を、良心的編集のもとに、廉価に、そして書架にふさわしい美本として、多くのひとびとに提供しようとする。しかし私たちは徒らに百科全書的な知識のジレッタントを作ることを目的とせず、あくまで祖国の文化に秩序と再建への道を示し、この文庫を角川書店の栄ある事業として、今後永久に継続発展せしめ、学芸と教養との殿堂として大成せんことを期したい。多くの読書子の愛情ある忠言と支持とによって、この希望と抱負とを完遂せしめられんことを願う。

一九四九年五月三日